AF197830

Tucholsky Wagner Zola Scott Sydow Schlegel
Turgenev Wallace Fonatne Freud
Twain Walther von der Vogelweide Fouqué Friedrich II. von Preußen
Weber Freiligrath
Fechner Fichte Weiße Rose von Fallersleben Kant Ernst Frey
Richthofen Frommel
Engels Fielding Hölderlin
Fehrs Faber Flaubert Eichendorff Tacitus Dumas
Maximilian I. von Habsburg Fock Eliasberg Ebner Eschenbach
Feuerbach Ewald Eliot Zweig Vergil
Goethe Elisabeth von Österreich London
Mendelssohn Balzac Shakespeare Dostojewski Ganghofer
Trackl Lichtenberg Rathenau Doyle Gjellerup
Stevenson Tolstoi Hambruch
Mommsen Thoma Lenz Hanrieder Droste-Hülshoff
Dach Verne von Arnim Hägele Hauff Humboldt
Karrillon Reuter Rousseau Hagen Hauptmann Gautier
Garschin
Damaschke Defoe Hebbel Baudelaire
Descartes Hegel Kussmaul Herder
Wolfram von Eschenbach Schopenhauer Rilke George
Bronner Darwin Dickens Grimm Jerome
Melville
Campe Horváth Aristoteles Bebel Proust
Bismarck Vigny Barlach Voltaire Federer Herodot
Gengenbach Heine
Storm Casanova Tersteegen Grillparzer Georgy
Chamberlain Lessing Langbein Gilm Gryphius
Brentano Lafontaine
Strachwitz Claudius Schiller Kralik Iffland Sokrates
Katharina II. von Rußland Bellamy Schilling
Gerstäcker Raabe Gibbon Tschechow
Löns Hesse Hoffmann Gogol Wilde Vulpius
Luther Heym Hofmannsthal Klee Hölty Morgenstern Gleim
Roth Heyse Klopstock Goedicke
Luxemburg Puschkin Homer Kleist
La Roche Horaz Mörike Musil
Machiavelli Musset Kierkegaard Kraft Kraus
Navarra Aurel Lamprecht Kind Kirchhoff Hugo Moltke
Nestroy Marie de France
Nietzsche Nansen Laotse Ipsen Liebknecht
Marx Lassalle Gorki Klett Ringelnatz
von Ossietzky May vom Stein Lawrence Leibniz
Petalozzi Platon Knigge Irving
Sachs Pückler Michelangelo Kock Kafka
Poe Liebermann
de Sade Praetorius Mistral Zetkin Korolenko

Der Fürst vom Teufelstein

Heinrich Hansjakob

Impressum

Autor: Heinrich Hansjakob
Umschlagkonzept: toepferschumann, Berlin

Verlag: tredition GmbH, Hamburg
ISBN: 978-3-8424-0555-4
Printed in Germany

1.

Noch in den achtziger Jahren des vorigen Jahrhunderts zog bisweilen ein eigenartiger Reiter in das Waldstädtle Wolfe, zwei Stunden oberhalb Hasle, ein. Er kam auf einem kleinen, runden Pferde ganz gemächlich das Kinzigtal herabgeritten in einem spinatgrünen Jägerrock und in grünem Filzhut mit Federzier. An der Seite trug er einen mächtigen, reichverzierten, alten Hirschfänger und im Munde eine Tabakspfeife, aus welcher er behaglich schmauchte.

Der Mann fiel aber auch noch auf durch seinen prächtigen Blücherkopf mit gebogener Nase und einem silberweißen Schnurrbart, über denen ein Paar helle, fröhliche Blücheraugen in die Welt guckten.

So ritt er über die Kinzigbrücke ins Städtle und durch dasselbe hinab zum alten, finstern Schloß der einstigen Grafen von Fürstenberg. Im Schloßhof stieg er ab, band sein Rößlein an einen Pfosten, hing die Pfeife an den Sattel und schritt die große Treppe hinauf zum fürstenbergischen Oberförster Gayer, machte seinen Rapport, stieg wieder aufs Rößlein, zündete seine Pfeife an und trabte, wie gekommen, zum Städtle hinaus.

Fragte ihn der Oberförster, warum er jedesmal, ohne einen Schoppen zu trinken, gleich wieder heimreite, so gab er regelmäßig zur Antwort: »Ich muß heim: wenn ich zum Wald hinausreite, werde ich sofort schwermütig und hab' keine Ruh', bis ich wieder im Wald bin.«

Jung und alt schaute dem seltsamen Gaste nach, wenn er der Kinzigbrücke zuritt, und aus einem oder dem andern Munde konnte man die Worte hören: »Der Fürst vom Teufelstein isch ou wieder hie.«

Und der war's in der Tat, und wenn einer es verdient, unter den Waldleuten genannt zu werden, so ist's der Fürst vom Teufelstein, ein Original von Gottes Gnaden und ein Waldmensch mit Leib und Seele.

Im 14. Jahrhundert hat der Pfarrer Berchthold von Bombach im Breisgau ein wunderbar schönes Buch geschrieben, nämlich das

»sälige Leben der Schwöster Lütgarten, die ein Closnerin was (war) zu Oberwolfa vnd wie sy das Kloster Wittchen anhub.«

Sie war eine Kinzigtälerin, die selige Schwester Lütgart, eines Bauern Tochter unter der Burg Wickenstein bei Schenkenzell, Der Bauer hatte ein »göttlich wib«, das gebar ihm ein Kind, ein Töchterlein, »schön von Farb und von Gestalt«. Es ward Lütgart getauft, und der Name, meint Bruder Beichthold, komme von der »lüten gart«, der Leute Garten, weil in der seligen Schwester geistig das alles vorhanden war, was ein wunniglicher Garten haben soll. Ein solcher Garten aber soll haben: »Violen, weiße Rosen, rote Rosen, Lilien, grünes Gras, Birnbäume und fließend Wasser.«

Die Schwester Lütgart besaß, so führt der Lobredner aus, die Violen der Demut; sie war eine rote Rose, weil ihr das Blut in das Gesicht schoß von »schamlichen Worten«, die sie hören mußte; sie war eine weiße Rose nach ihrem lautern Leben; sie war eine lichte Lilie jungfräulicher Keuschheit: sie war ein grünes Gras, was heißen will, sie besaß ein fröhlich Gemüte, das »ein jeglicher Mensch allzeit in Gott haben soll in Lieb und Leid, in Glück und Unglück, und dazu hilft nichts mehr als ein lauter Leben, wohl behüt vor Sünden.«

Schwester Lütgart war ein fruchtbarer Baum, »von dem viel edel geistlich Frucht kommen.« Sie war ein fließender Brunnen, »von dem solich geistlich Trank floß, davon all die Seelen, die umb sie waren, getränkt wurden, Der Trank aber war das rein Gebet, das von ihrem Kerzen durch die Kehle ihres Mundes floß.«

Als sie zwanzig Jahre eine Klausnerin gewesen, trieb sie der Geist Gottes an, ein Haus zu bauen und 33 Schwestern zu sich zu nehmen. Und Schwester Lütgart sprach mit ganzem Ernst zu Gott: »Min Herr und min Gott, gib mir etwan zuo verstond, wo ich das Hus buwen soll.«

Na ward sie verzückt und in eine wüste, waldige Gegend geführt. Hier lag ein Mann, so zährenvoll geschaffen, als ob er eben vom Kreuz komme und sterben wollt'. Und es kam eine schmerzvolle Fraue, nahm die Schwester Lütgart bei der Hand, führte sie zu dem Mann, der da lag, und der wunde Mann sprach zu ihr: »Ich bin din vatter Christus und will, daß du hier ansahest ein Hus in minem Namen, da will ich selber Huswirt sin, und du sollt nit anders sin denn ein Brot des Huses.«

Lütgart begann mit reichem Mut, mit grußer Armut an der wilden Stätte, welche der Freiherr Walter von Geroldseck ihr schenkte, ein Kloster zu bauen. Eines deutschen Kaisers, Albrechts, Tochter, Agnes von Ungarn, gab am meisten zur Stiftung. Und da man zählte nach Christi Geburt 1325 Jahre, da zog die Schwester Lütgart mit 33 Schwestern in ihr Kloster Wittichen und blieb da, betend und Wunder wirkend, bis der Herr sie abrief im Jahre 1347. »Aber ihr guoter nam und das heilig Bild ihres heiligen Lebens soll nummer sterben;« darum hat es Berchtholdus, ihr Beichtvater, »ein armer Priester zu Bombach im Brisgew,« aufgeschrieben.

So ward eine Heilige die Gründerin des Geburtsortes des Fürsten vom Teufelstein, des Klosters Wittichen, inmitten dreier Waldberge in schauerlicher Einsamkeit am Wüstenbach gelegen, der in die obere Kinzig fließt.

Und von der heiligen Lütgart hat der Fürst – wie wir sehen werden – auch eine Eigenschaft geerbt, das »grüne Gras« eines allezeit in Gott fröhlichen Gemütes in Lieb und Leid, in Glück und Unglück.

Die Töchter der heiligen Lütgart – denen noch Kaiser Max einen Schutzbrief verlieh, daß die Ritter der Umgegend auf der Jagd sie nicht mit Hunden und ihrem Gefolge belästigen und stören durften – beteten fast ein halbes Jahrtausend in der Einöde am Wüstenbach, bis der Klostersturm zu Anfang des vorigen Jahrhunderts die fromme Klause aufhob und die fürstenbergische Landesregierung die Wälder und Güter, von denen die Nonnen gelebt, einzog.

Aus dem Beichtiger, den alle Jahrhunderte hindurch das St. Georgenkloster zu Villingen gestellt hatte, wurde ein Pfarrer, und neben diesem wohnte im ehemaligen Klostergebäude ein fürstlicher Revierförster, der Vater des Fürsten vom Teufelstein.

Als ich im Jahre 1890 an einem schönen Maientag von Schenkenzell und von der Kinzig her dem engen Tälchen des Wüstenbaches zuschritt und auf einmal in tiefster Einsamkeit das Kloster und seine Kirche vor mir standen, ergriffen mich alte Erinnerungen aus der goldenen Jugendzeit.

Meine Großmutter hieß Luitgard und erzählte oft von Wittichen und von ihrer heiligen Patronin, und mein nächster Nachbar, der

Wagner Fürst, sprach noch öfter von diesem Waldkloster; denn Wittichen war auch sein Geburtsort und er, von dessen Originalität ich in meiner »Jugendzeit« erzählt, ein echter und rechter Bruder des Fürsten vom Teufelstein.

Ich kniete in dem einsamen Kirchlein, zu dem am Sonntag die Völker »aus dem Kaltbrunn« zum Gottesdienst wallen, nieder am Sarkophag der »säligen Schwester Lütgart« und betete für meine Großmutter und gedachte auch meines alten Nachbars Fürst, der 1868 wie ein Held gestorben ist, nachdem er hier zu leben angefangen hatte.

Dann besuchte ich das verödete und verwahrloste Klösterlein, wo ich in einem elenden, armseligen Stüblein die Mutter des kurz zuvor verstorbenen Pfarrers Imanuel Bold in Kümmernis und Verlassenheit antraf.

Der Sakristan erzählte mir, daß mein einstiger Studienfreund, der Imanuel, auf dem engen Waldweg, den ich eben hergekommen, zwischen »Kloster und Vortal« oft hin- und hergewandelt sei und mit lauter Stimme die Psalmen Davids in der Ursprache, der hebräischen, gesungen habe.

Auch der Imanuel besaß, wie schon diese eine Tat besagt, »das grüne Gras« eines fröhlichen Gemütes.

Und noch einen Bruder des Fürsten vom Teufelstein kannte ich, den Alois. Er war in meiner Knabenzeit, unweit von meinem Elternhaus, Lehrling beim »wüsten Metzger auf dem Graben«, ein großer, starker, kraushaariger Bursche.

Anno 1849 mußte er in die Reihen der Freischärler von Hasle eintreten, machte alle ihre Expeditionen mit, zog, als die Revolution tot war, als Flüchtling in die Schweiz und ertrank beim Baden in der Aar bei Thun.

Der Vater dieser Fürsten stammte aus einer alten Förster- und Jägerfamilie der Baar, die meist in Diensten der Fürsten von Fürstenberg stand und durch deren Besitzungen in Böhmen sich auch dahin und nach Oesterreich verzweigte.

Meine Vorfahren, meinte der Teufelsteiner oft, sind alle »Waldteufel« gewesen.

Im siebenjährigen Krieg zeichneten sich Brüder seines Großvaters, die alle Forstleute waren, auch als Soldaten aus, und einer fiel in der Schlacht bei Kolin als österreichischer Hauptmann.

Der reiche Kindersegen in dieser fürstlichen Familie drückte mit der Zeit die Nachkommen in andere Stände herab.

So hatte der Vater des Teufelsteiners, der Revierförster in Wittichen, 15 lebendige Kinder und war deshalb nur imstande, *einen* seiner zehn Buben in der Jägerei ausbilden zu lassen, die andern mußten Wagner, Metzger, Schlosser, Dreher, Schmiede, Knechte oder Taglöhner werden. Sie waren aber lauter lustige Leute, die jungen Fürsten; vier von ihnen machten noch, außer dem Alois, schwärmend für Freiheit, die badische Revolution mit, und als diese vorüber war, verschollen sie im großen Lande jenseits des atlantischen Meeres.

Einer, der Andres, ein Herkules an Kraft und Stärke, blieb in der Nähe der Heimat und ward ein tüchtiger, fleißiger Schmiedmeister in Schenkenzell, wo er zugleich das Amt eines Friedensrichters versah, welches darin bestand, daß man, wenn es in einem Wirtshaus Händel gab, den starken Schmied holte, damit er Frieden stifte. Er kam, hörte an, gab seinen Entscheid, und wer sich dem nicht unterwarf, spürte es an seinen Knochen und bis ins Mark hinein.

Die Meidle[1] des Försters von Wittichen, alle lustig in Ehren, heirateten Buren, Taglöhner und Holzmacher.

Unser Held, Josef Anton oder, wie die Kinzigtäler sagen, Seppe-Toni, war der älteste, hat aber seine Geschwister alle überlebt.

Es war ein heimeliges Leben in der »Wüstenei« von Wittichen, da des Revierförsters Seppe-Toni als Knabe in die Welt trat. Die wenigen Bewohner bildeten eigentlich eine einzige Familie, welche sich zusammensetzte aus den ehemaligen Klosterfrauen, dem Pfarrer und den Förstersleuten, die alle im gleichen Haus, im Kloster, wohnten.

Die Nonnen, bei Aufhebung des Stiftes pensioniert, blieben, 17 an der Zahl, alle beisammen, um in Gebet und Handarbeit ihr Leben da zu beschließen, wo sie Gott sich geweiht hatten.

---

[1] Im oberen Kinzigtal sagt man statt Mädchen Meidle, im mittleren Maidle

Unter ihnen befand sich auch die letzte Aebtissin, Maria Coletta Baudendistler, ein Buremeidle aus dem Renchtale.

Die Kinder des Försters waren den alten Damen eine Unterhaltung, und die Kleinen verkehrten um so lieber bei den Klosterfrauen, als diese stets mit Süßigkeiten aller Art, die sie selbst bereiteten, versehen waren.

Das erstemal, da des Revierförsters Seppe-Toni sein Licht leuchten ließ, war es zu Gunsten der Volkstracht. Die Buben, welche mit ihm in die Schule gingen, trugen alle Kniehosen, der Seppe-Toni allein als Herrenbüblein hatte lange französische Beinkleider an.

Es schmerzte ihn dies am meisten am Sonntag in der Kirche. Da kamen seine Kameraden aus dem Kaltbrunn in ihren Kniehöschen, blauen Strümpfen und Bundschuhen so schmuck und kleidsam daher, daß er beschloß, bei nächster Gelegenheit mit der Modetracht aufzuräumen. Eines schönen Sommersonntags zieht die Mutter, obwohl selbst eines Bauern Tochter aus dem Kaltbrunn oberhalb Wittichen, ihrem Seppe-Toni nach dem Aufstehen neue Modehosen an. Er duldet es und schweigt. Aber kaum aus der Stube, um in die Kirche zu gehen, eilt er in den Holzschopf, zieht seine Beinkleider aus, hackt sie mit einem Beil in der Kniegegend ab, zieht sie wieder an und eilt hinüber zum Kirchlein, denn es hat bereits zusammengeläutet.

Alles lacht, als des Försters Büble mit so eigenartigen Kniehosen erscheint. Das betrübt ihn nicht, auch die Prügel nicht, die er nach dem Gottesdienst für seine Freveltat gegen die Mode erhält; seinen Zweck hat er erreicht, er bekommt in Zukunft echte, rechte, lederne Kniehosen, wie die Bauernbüble auch.

Die ganze Buben- und Burenschaft, die nach Wittichen in die Kirche kam, rechnete es ihm aber hoch an, daß er sich mit seinen kurzen Hosen in ihre Reihe gestellt wissen wollte.

In die Schule hatten des Revierjägers Kinder einen weiten Weg. Sie mußten über die Burgfelsen nach dem zerstreuten Bergdorfe Kaltbrunn, zu dem Wittichen politisch gehört, während dieses selbst religiös das Zentrum von Kaltbrunn ist.

Oefters, namentlich zur Winterszeit, erlag der Seppe-Tonile der Kälte und den von ihr verursachten Schmerzen. Da ließ ihn ein

Bauersmann jeweils von seiner Magd auf dem Rücken über die Burgfelsen heimtragen.

Viele Jahre später, da er Beiförster in Wittichen und Jagdpächter war, übersah er es dem Sohne jenes Bauern, wenn er ihm oft Hasen und Hühner schoß und unterschlug, übersah es aus Dankbarkeit gegen den Vater, der ihn einst durch die Magd hatte heimtragen lassen. –

Der Schulmeister in Kaltbrunn war ein kreuzbraver Mann, hatte aber so wenig Vorstudien gemacht, daß er selber nicht orthographisch schreiben konnte. Weil nun der Förster seinen Aeltesten wenigstens beim niederen Forstdienst anbringen wollte, tat er den Sepple nach der Schulentlassung noch auf die hohe Schule nach dem benachbarten Dorfe Schenkenzell, wo ein tüchtiger Lehrer amtierte.

Der Ochsenwirt nahm hier den Knaben um wenig Geld in Kost und Logis, und die Bauern aus dem Kaltbrunn, die am Ochsen vorbeifuhren, hinterlegten Geld, damit er sich in der freien Zeit von seinen Studien im Rechnen und Schreiben erholen und mit einem Glas Wein stärken konnte.

Und das Geld für das Studium in Schenkenzell war nicht umsonst ausgegeben. Der Seppe-Toni schrieb bis in sein höchstes Alter eine zierliche, schöne Schrift, und wie genau er alles berechnet und gebucht hat, werden wir später erfahren. –

Die alte Zeit war durchweg praktisch. Da gab es noch keine polytechnischen Schulen für Forstleute. Wer Forst- und Jagdwirtschaft erlernen wollte, ging in die Lehre, wie die Handwerker auch. Er wurde Forstlehrling bei irgend einem Revier- oder Oberjäger, der ihm Theorie und Praxis zu gleicher Zeit beibrachte.

Und wie Handwerker ihre Söhne mit Vorliebe zu einem andern Meister in die Lehre geben, weil sie strenger gehalten werden und lieber folgen als daheim, so machten es die alten Förster mit ihren Söhnen, wenn diese Forstlehrlinge werden sollten.

So tat auch der Förster von Wittichen seinen siebzehnjährigen Seppe-Toni fern der Heimat, hinauf in die Baar, wo die einsame fürstlich-fürstenbergische Forstei Waldhausen, unweit des alten

Reichsstädtchens Bräunlingen, die praktische Forstschule für den künftigen Fürsten vom Teufelstein werden sollte.

Der Toni vom Roßberg, ein reicher Bur und Bruder der Mutter des Seppe-Toni, führte diesen und seine sieben Sachen durch die Täler des Schwarzwalds hinauf und hinunter in die Baar. So geschehen anno 1826.

In Waldhausen war der Seppe-Toni eigentlich daheim. Denn hier war sein Vater geboren und sein Großvater Revierjäger gewesen.

Von Wald umgeben, liegt das kleine Dörflein ebenso weltfern, wenn auch nicht gar so vereinsamt in der Baar, wie Wittichen im Schwarzwald. Doch das Försterhaus in Waldhausen war kleiner und armseliger, als das Kloster Wittichen. Die Forstlehrlinge, und ihrer waren mehrere da, als der junge Fürst eintrat, mußten deshalb bei Bauersleuten wohnen und sich bei ihnen mit Räumen direkt unter dem Dach begnügen.

So einfach waren die Menschen noch vor siebzig und mehr Jahren. Heute wohnt längst kein Oberförster mehr in Waldhausen; ein Waldhüter haust in seiner Hütte, und die Forsteleven sind Korpsstudenten in den Städten.

Die Förster, ehedem in einsamen Orten, oft mitten im Walde, sind heute fast alle Stadtleute und Kanzleibeamte. Die Poesie des Standes ist längst vorüber, und die alten Namen für die Förster: Jäger, Revierjäger, Oberjäger – wären der reinste Hohn auf die heutigen Bureaumenschen.

Um die alten Forst- und Jagdhäuser inmitten der Wälder woben sich Sagen und Geschichten voll Poesie, und drinnen lebten Menschen von altem Schrot und Korn, derb, aber wahr, echt und recht. Unser Fürst vom Teufelstein ist sicher der letzte Vertreter jener schönen, alten Zeit im Schwarzwald gewesen.

Im kleinen Forsthaus zu Waldhausen wohnten zur Zeit, als des Revierjägers Seppe-Toni von Wittichen in die Lehre trat, der Förster Anton Nittinger, ein altes Haus, schon seit vielen Jahrzehnten hier, sein Weib, sein Knecht und sein Pferd. Außer unserem Witticher wollten noch drei junge Leute beim »Jäger-Toni« die Försterei erlernen.

Sie begann von unten, wie bei jedem Handwerk. Erst mußten die Lehrlinge dem Meister, der ein Jäger erster Passion war, als Treiber dienen, damit sie auch »wüßten, was treiben heißt, wenn sie einmal als Jäger auf dem Anstand stünden.«

Auf dem Wege von und zur Jagd gab ihnen dann der Meister Unterricht; er lehrte sie die Steine kennen, die im und am Wege lagen, und im Walde die Pflanzen, Sträucher und Bäume. So zogen die Mineralogie und die Forstbotanik langsam in ihre Seelen.

Dann kam auf den Waldzügen der Waldbau an die Reihe, die Schlag- und die Femelwirtschaft, die Art und Weise des Hochwaldbetriebs, des Licht- und des Abtriebschlages.

Ein andermal dozierte der Jäger über Waldwege oder über Forstfrevel, über die Gewinnung von Harz und Kohlen, wahrend die Lehrlinge seufzten unter der Last von Rehen und Hasen, die sie heimtragen mußten.

War das nicht Prosa und Poesie, Theorie und Praxis in schönster Harmonie – alles ohne Professor und ohne Katheder! Der Hörsaal war Gottes schönster Tannenwald, und Gottes Sonne zwinkerte durch die Tannenäste, da ein alter Jägermeister seinen Lehrlingen Vorlesungen hielt.

Nebenbei übten sich dieselben im Wald und auf der Heide im Blasen des Waldhorns. –

Wie der Lehrbuben jüngster bei jedem Handwerk auch sonstige Dienste im Haus verrichten und den Weibsleuten gehorchen muß, so war auch unser Seppe-Toni Leibbursche der Frau Revierjäger – Oberförster würden wir heute sagen. Sie litt stark an Durst, und der Lehrling mußte ihr oft in der Dorfkneipe zu trinken holen; aber der Herr Gemahl durfte das nicht wissen.

Der Witticher Kurzhösler benahm sich bei diesem Geschäft so schlau und anstellig, daß er die Gunst seiner Meisterin gewann, die sonst »den Teufel im Leib hatte«.

Kein Mann sieht es gerne, wenn sein Weib eine Trinkerin ist, obwohl auch dieses fast ordinärste Laster eines weiblichen Wesens zu entschuldigen ist.

Ich habe schon wiederholt Gelegenheit gehabt, trunksüchtige Wibervölker kennen zu lernen, aber alle ohne Ausnahme hatten entweder einen trunksüchtigen Vater oder eine väterliche Großmutter, die gern »ins Gläsle guckte«. Sie waren also erblich belastet und verdienten darum das Mitleid, welches wir jedem erblich Belasteten zollen müssen.

Auch der Revierjäger in Waldhausen suchte der Trinklust seiner Frau zu steuern und fahndete deshalb oft nach verbotenen und verborgenen Weinflaschen, selbst in der Küche. Den Seppe-Toni dauerte seine Meisterin, wenn sie bisweilen durch die Umschau des Meisters um ihre guten Tröpfle kam, und er fand ihr einen Schlupfwinkel, in dem der Herr Gemahl wohl nie suchen dürfte. Er riet nämlich dem bedrängten Weibe, das Weinfläschchen hinter den Küchenbesen zu verstecken und diesen stets recht dicht und recht dick mit Besenreis besetzt zu halten.

Das war probat, und der Lehrling hatte bei der Meisterin fortan die besten Tage. –

Mit der Zeit bekamen die Treiber Gewehre in die Hand und sollten als Jäger ausgebildet werden. Ihr Meister war, wie schon gesagt, ein großer Nimrod und, wie es ehedem Brauch war, weit mehr Jäger als Förster. Von allem, was im Walde fliegt und kriecht, was auf dem Baum springt und ins Loch schlüpft, – wußte der Meister Art und Fahrt, Atzung und Losung, Wechsel und Stand. Und das alles trug er vor im grünen, grünen Wald, am toten und am lebendigen Tier.

Aber, obwohl mit der Jägerei erblich belastet von seinen fürstlichen Ahnen her, war der Seppe-Toni von Wittichen ein schlechter Schütze. Wenn ihm der Revierjäger den besten Stand gab und das Wild auf ihn hinauf lief, er traf nichts.

Er schämte sich nicht bloß, er schädigte sich dadurch auch; denn das einzige Einkommen, welches die Lehrlinge hatten, waren die von der fürstlichen Forstkasse in dem benachbarten Donaueschingen ausbezahlten Belohnungen für Erlegung von Raubzeug aller Art. Es mußten aber jeweils als Belege die Fänge oder die Köpfe der Raubvögel und die Schwanzspitzen der Marder, Iltisse und wilden Katzen vorgezeigt werden.

Da unser Witticher nichts zur Strecke brachte, weder wilde Katzen, noch zahme, die im Walde hausten, noch Raubvögel, so kam er bei seiner natürlichen Schlauheit auf ein eigenes Mittel, sich Schußgeld zu verschaffen.

Er stellte sich mit allen Hauskatzen des Dörfchens auf freundschaftlichen Fuß und streichelte ihnen so lange, bis er Gelegenheit fand, ihnen mit seinem scharfen Weidmesser unbeschrieen die Schwanzspitze abzuschneiden. Pro Stück bekam er acht Kreuzer Schußprämie und schnitt sich so, wie er noch in seinen alten Tagen schmunzelnd erzählte, manchmal das Biergeld heraus, wobei er jeweils bedauerte, daß die Natur coupierte Schwänze nicht mehr wachsen lasse.

In Waldhausen aber und in der nächsten Umgegend soll es in seinen Lehrlingsjahren nur kurzschwänzige Katzen gegeben haben, was aber die Leute gar nicht merkten oder, wenn sie es in einzelnen Fällen inne wurden, jedem andern Unfall eher zuschrieben, als dem Weidmesser eines Jägerlehrlings, der sich Schußgeld verschaffen wollte, ohne zu schießen.

Daß ein Jäger aber auch ein Schütze sein muß, sah unser Forsteleve ein, darum übte er sich privatim und allein im Schießen von Raben und von Hofhunden! die letzteren schoß er aus Notwehr.

Oft zog er hinab ins Kinzigtal und nach Wittichen, aber poesievoll, wie er war, nur in der Nacht und bei Vollmondschein.

Er verließ Waldhausen am Abend und wandelte, sein Gewehr auf dem Rücken und vom Vollmond begleitet, die ganze Nacht auf den nächsten Gebirgswegen ins Kinzigtal hinunter – einen Weg von mindestens acht Stunden.

Da fielen ihn manchmal bei einsamen Höfen in drohender Art die Hunde an, und an ihnen übte er sich dann im Schießen.

Gern hielt er sich auf diesen nächtlichen Wanderungen auch bei Schäfern auf, die er unterwegs mit ihren Herden und Hunden traf.

In der Frühe rückte er im Kloster Wittichen ein, grüßte Vater und Mutter, Geschwister und die freigebigen Klosterfrauen und wanderte dann in der kommenden oder in der zweiten Nacht bei Mondlicht wieder der Baar zu.

Wie bei einem Handwerker, dauerte damals die gewöhnliche Lehrzeit eines Forst- und Jagdbeflissenen zwei Jahre. Feierlich wurde jeder Forstlehrling, auch in Waldhausen, freigesprochen, d. h, wehrhaft gemacht. Des Wittichers Vater hatte noch ein altes, schönes Familienstück von Hirschfänger; den schenkte er seinem Sohn zur Wehrhaftmachung.

Diese nahm der Lehrmeister vor in Gegenwart aller Jäger und Knechte und Buben. Er sprach: »Es wird der löblichen Jägerei erinnerlich sein, wie gegenwärtiger Josef Anton Fürst von Wittichen vor Jahr und Tag als ein Lehrjunge gekommen und sich während der Zeit auch ehrlich, treu und fleißig verhalten, daß ich mit ihm wohl zufrieden bin. Dieweil nun unsere lieben, alten, in Gott ruhenden Vorfahren bei freier Loslassung ihrer Kinder oder Leibeigenen ein merkliches Andenken hinterlassen, dieser Josef Anton Fürst seine Lehrjahre richtig ausgestanden, so will ich diese uralte, löbliche Gewohnheit nicht ändern, sondern so viel hiezu vonnöten vornehmen.«

Hierauf wandte er sich an den Lehrling und sprach: »Du bist nunmehr kein Kind mehr und hast die mündigen Jahre erlebt. Ich frage dich also: »Willst du wehrhaft gemacht werden?«

Der Junge antwortete: »Ja.« Jetzt gab ihm der Meister mit der rechten Hand eine Maulschelle und sprach: »Die vertrage von mir, sonst von niemanden mehr, erinnere dich aber des Backenstreiches, so unser liebster Heiland unsertwillen hat erdulden müssen.« Mit der Linken reichte er alsdann dem Lehrling den Hirschfänger und fuhr fort:

Hier hast du deine Wehr,
Die gebrauch' zu Gottes Ehr',
Zu Lieb' und Nutz' des Herren dein.
Halt' dich ehrlich, treu und fein,
Wehr' dich damit gen Feinde,
Doch unnütz' Händel meide.
Gürte deine Lenden wie ein Mann,
Der sein Horn recht blasen kann.
Nunmehr hast du die Freiheit,
Es gehe dir wohl allezeit.

Alsdann gratulierte jeder dem jungen Jäger, und es ward ein Mahl gehalten.

Das war Poesie, echte, rechte; darum ist aber der Fürst vom Teufelstein auch ein echter, rechter Jägersmann geworden, der seinen Hirschfänger bis zum Tode in Ehren trug und in Ehren hielt. –

Sein Vater bat, nachdem die Lehrzeit vorüber war, bei der fürstlichen Forstdirektion in Donaueschingen, seinem Sohne noch eine weitere, theoretische Ausbildung zu ermöglichen, damit er ihm, dem Vater, später in seinen beschwerlichen Gebirgsforsten aushelfen könne. Es wurde die Bitte gewährt. Und wie?

Der Forstlehrling von Waldhausen kam zu dem Oberforstrat von Koller nach Donaueschingen »auf die theoretische Forstschule«, auf der sich noch zwei Vettern von ihm gleichen Namens und ein dritter Forstbeflissener als Eleve befanden.

Diese Schule bestand nun darin, daß die Schüler dem Professor untertags als Jäger und Pferdebursche dienten, wofür er ihnen am Abend die Forstwissenschaften in etwas wissenschaftlicherer Art, als der Revierjäger von Waldhausen, weidlich einprügelte.

Zum Unterschied von seinen Vettern erhielt unser Josef Anton den Rufnamen »der Witticher«. Als er nun die erste Ohrfeige bekam, meinte er: »Das ist zu gut bezahlt, Herr Oberforstrat, so viel war die Kleinigkeit nicht wert.«

Das entwaffnete den hitzigen Professor, und er lud den Witticher zum Mittagessen ein, um ihn seine Ohrfeige vergessen zu machen. Der Oberforstrat hatte noch Gäste, und darum war das Mahl ein gutes. Als es zu Ende war, meinte der Witticher, sich bedankend, solchen Tausch gehe er jeden Tag ein, für eine Ohrfeige ein Herrenessen.

Der Oberforstrat gab aber nicht gerne Ohrfeigen, er liebte es mehr, nach uraltem Jägerbrauch zur Strafe »das Weidmesser zu schlagen«.

Der Verbrecher wurde gelegentlich der Jagd auf einen Damhirsch oder einen Rehbock gelegt, und die andern Jäger mußten eins auf dem Waldhorn blasen. Nach diesem Tusch gab der Jägermeister den ersten Streich mit dem bloßen Weidmesser auf einen gewissen

Teil, während er das »Waldgeschrei« sprach: »Ho, ho, das ist vor unsere gnädigste Herrschaft!« Nach dem zweiten Streich lautete das Waldgeschrei: »Ho, ho, das ist vor Ritter, Reiter und Knecht!« – und nach dem dritten Schlag: »Ho, ho, das ist das edle Jägerrecht, ho, ho, juchhe!«

So wurde ein Jahr lang doziert, studiert und das Weidmesser geschlagen, und dann machten die vier Eleven am 22. September des Jahres 1828 das Staatsexamen in der niederen Forstwirtschaft.

Der Fürst vom Teufelstein hat die Examensfragen aufgehoben all' sein Lebtag, und ich habe sie vor mir liegen. Ich bin kein Forstmann, war aber in meiner Knabenzeit einmal Waldfrevler und allzeit ein Freund des Waldes und der Jagd und finde als solcher die Fragen alle sehr praktisch. Gefreut haben mich als alten Jäger die vielen Fragen über das Jagdwesen und vorab die letzte derselben: »Welches ist des Weidmanns Gruß beim Abschied?«

Die Antwort auf die obige Frage hat der vom Teufelstein nicht hinterlassen. Sie hat mich aber interessiert, und ich hab' auf sie gefahndet. Sie lautet ebenso kurz als die Frage und heißt: »Weidmanns Heil!«

Daß solche Fragen in einem Staatsexamen einst gegeben wurden, spricht sehr für die Gemütlichkeit jener Tage trotz der Ohrfeigen und trotz des Schlagens mit dem Weidmesser.

Das Examen ward bestanden, und jetzt ging's in die Praxis.

2.

Im obern Wolftale liegt das vielbekannte Schwarzwaldbad Rippoldsau am Fuß des waldigen Kniebis, den die Deutschen des Mittelalters kräftiger Kniebutz nannten.

Oberhalb des Bades stund in den zwanziger Jahren noch das alte fürstenbergische Forsthaus, in welchem ein Revierförster residierte. Es war dies in jener Zeit ein alter, kränklicher Mann, namens Hug.

Bei ihm erschien bald nach dem oben erwähnten Staatsexamen eines Tages ein flotter, junger Jäger in Uniform und mit dem Hirschfänger gegürtet.

Er war über den Berg her vom unfernen Wittichen gekommen und stellte sich vor als: »Josef Anton Fürst, für Rippoldsau ernannter Forstadjunkt und Sohn seines Vaters, des Revierjägers in Wittichen.«

»Mit Schmerzen hab' ich auf Euch gewartet, junger Mann,« antwortete der alte Nimrod, den das Zipperlein seit Jahren plagte, und der herzlich froh war, einen Helfer zu bekommen.

»Das ist ein Hundedienst, jahraus jahrein auf dem Kniebis herumzustolpern und im Holzwald, im Kohl- und im Glaswald. Und dazu überall Frevler am Holz und am Harz, wahre Teufelskerle, die man nie erwischt.«

»Und die schönsten Rehböcke holen sie einem auch. Da möcht' der Teufel Förster und Jäger sein. Mich hat der Zorn umgebracht und der Schnee auf dem Kniebis mir das Zipperlein in die Beine hineingefroren, so daß ich jedenfalls nicht mehr lange mitmache.«

»Ich hab' drum schon lange meinem alten Freund, dem Oberforstrat von Koller, geschrieben, mir einen Adjunkten zu geben. Er meinte aber immer, ich könnte es noch allein machen. Aber diese Forsträte und Forstherren haben gut reden, die schmecken nur in den Wald, und wenn's nichts zum Jagen gibt, dann gehen sie wieder. Holz- und Harzfrevler fangen sie keine.«

»Als der Oberforstrat nun den letzten Sommer hier im Bade war, hab' ich ihn einigemal mitgenommen bei Regenwetter und ihm den Kniebis gezeigt und die von Frevlern angerissenen Fichten und die abgesägten Wurzelstöcke – da hat er's gesehen, daß eine jüngere Kraft nötig sei, und mir einen Adjunkten versprochen.«

»Gestern kam ein Schreiben von ihm, worin er mir einen schlauen und findigen Adjunkten anzeigt, und heute kommt Ihr. Also willkommen, Kollege, am Kniebis!«

»Ihr seid in der Gegend aufgewachsen und kennt unsere Gebirgsforste. Euer Großvater war ja vor dreißig Jahren noch selbst Jäger hier, und drum seid Ihr mir doppelt willkommen.«

»Herr Revierförster,« nahm nun der Adjunkt das Wort, »bleibet Sie nur daheim von heut an, i will alles b'sorge, i hab' junge Bein' und Courage wie der Teufel, Schieße kann i no nit am besten, aber des schadet nichts; denn wenn unsereiner einen Frevler zu gut trifft, ist er gleich maustot, und des will man ou nit. Und weil die Wilderer so viel Rehböck' g'holt haben, so ist's gut, wenn ich die anderen mit meiner Büchs' schone, bis ich ein besserer Schütz' bin.«

»Ihr g'fallt mir, Adjunkt,« entgegnete der Förster und schüttelte dem Redner freudig die Hand. »Aber einen Rat will ich Euch geben fürs ganze Leben; denkt im Dienst immer an das schöne Sprichwort: ›;Allzu scharf haut nit, und allzu spitzig sticht nit‹.«

So trat der Seppe-Toni sein erstes Amt an, und noch in seinen alten Tagen sprach er von dem weisen Rat, den ihm sein erster Revierförster gegeben hatte. –

Die größte Sorge des Forstadjunkts waren die Harzfrevler auf dem Kniebis.

Mitten auf der Höhe des gewaltigen Gebirgsstockes liegen zerstreut zwischen Wald und Matten die Hütten der Gemeinde Kniebis und weiter unten die der Holzwälderhöhe.

Die Leute sind blutarm in dieser rauhen Waldgegend. Die Wälder ringsum gehören »der Herrschaft«, und sie selbst haben nur ihre Strohhütten und um diese herum ein wenig Gras für ihre Kühe und Ziegen.

Ihre Armut machte sie zu Harz- und Holzdieben, und ich bin der allerletzte, der ihnen deshalb zürnt oder einen Stein auf sie wirft.

Nachts, wenn die Sternlein über dem Kniebis standen, zündeten die Kniebiser im Walde Lichtlein an, jeder Mann eins, und dann zogen sie ins Dickicht wie eine Lichterprozession, suchten die angerissenen Fichten auf und leerten deren Harzkanäle mittels Kratzeisen, oder sie rissen neue, saftreiche Bäume an, um sie fürs Harzen vorzubereiten.

Keine Sekunde aber waren sie sicher vor den Revierjägern, die mehr denn einmal die Flüchtigen anschossen.

Das so mühsam gewonnene Harz verarbeiteten sie in stillen, unbeschrieenen Stunden zu Terpentinöl, zu Wagenschmiere, zu Pech und zu Kienruß.

Wie oft hab' ich in meiner Knabenzeit die Harzer vom Kniebis in Hasle an- oder durchfahren sehen! Sie hatten Handkarren, die sie vor sich herschoben, und auf diesen in hölzernen Kübeln ihre Ware.

Ich erinnere mich besonders an einen alten, kleinen Mann; er hieß der Schmiere-Mathes und fuhr regelmäßig einigemal im Jahre bei unserem Hause vor, stellte seinen Karren da still und verhausierte seine Artikel.

Wenn er dann in seinen ledernen Kniehosen und den langen Stiefeln in meines Vaters Wirtsstube saß, erzählte er oft vom Kniebis und seinen Herrlichkeiten. Er meinte dann, dieser Berg sei der merkwürdigste in der Welt, denn an ihm entsprängen vier wilde, stolze Flüsse: die Wolf, die Kinzig, die Rench und die Murg, und aus ihm kämen vier Gesundbrunnen: Rippoldsau, Griesbach, Peterstal und Antogast. Er enthalte Silber, und sein Eisen sei flüssig und speise die genannten Gesundbrunnen. Auf ihm wachse ferner allein in Deutschland das isländische Moos, das man bei uns sonst nirgends als in den Apotheken bekomme.

Alle Potentaten, von den alten Römern an, hätten den Kniebis gekannt und dort Schanzen aufgeworfen.

Aber auch das erzählte er, der alte Harzer, daß noch nicht lange Leute droben wohnten auf der Holzwälderhöhe und in der Gemeinde Kniebis; sein Vater sei als Kind dahin gekommen, als man im vorigen Jahrhundert »Menschen hinaufgepflanzt habe.« –

Die Kniebis-Männer und -Burschen führten ihre Harzprodukte bis hinab gen Karlsruhe durch alle Städtchen und Dörfer. Und wenn sie heimkamen, so erzählte mir im Herbst 1896 noch ein alter

Mann, ließen sie aus dem unfernen Bergdorf Kaltbrunn Musikanten kommen und sich in ihrem Waldwirtshaus aufspielen zum Tanz und hatten gute Tage, bis das Geld alle war. Dann ging's wieder mit den Lichtern in den Wald, und es ward neues Harz geholt von unseres Herrgotts Fichten.

Mit diesen vielgeplagten und so selten frohen Menschen sollte der Forstadjunkt Fürst sich herumschlagen bei Wind und Wetter, im Regen und Schnee.

Dazu kamen noch die Holzdiebe, welche es namentlich auf glatte, schöne Tannen abgesehen hatten, die sich gut zu Brettern und zu Schindeln verarbeiten ließen.

Die Schindeln wurden ebenfalls »verhausiert« im Kinzigtal, die Bretter aber kamen durchs Renchtal nach Straßburg. Die Liebhaber solcher Sägeklötze wohnten aber weniger auf dem Kniebis als drunten im Renchtal.

Bevor der zukünftige Teufelsteiner im Revier war, gingen die Frevler in den finstersten Nächten und beim schlechtesten Wetter an die Arbeit; denn da, wußten sie, kommt der kranke Förster nicht, und Waldhüter gab es keine, weil der Förster die Waldhut hatte, und wenn einer oder der andere existierte, so war er aus der Gegend, also Fleisch von der Harzer Fleisch, und drum nicht so gefährlich.

Der Forstadjunkt ging aber alsbald gerade zu diesen Zeiten auf die Suche und hatte leicht finden, weil die Lichtlein der Harzer ihm den Weg zeigten. Noch das Knistern eines Reises, auf das er trat, machte die Lichtlein erlöschen, und aus war's mit dem Erwischen.

Dazu kam, daß, wenn er sie im Glaswald suchte, sie im Kohlwald harzten, und wenn er auf den Holzwald stieg, sie die Tannen am Eichelberg holten.

So ging der Harz-, Schindeln- und Bretterdiebstahl noch einige Zeit fast so stark wie bisher.

Es kam vor, daß die Renchtäler am Abend einen Stamm holten, in der Nacht versägten und am Morgen versandten, so daß, wenn der Adiunkt ihren Spuren nachging, er so gut wie nichts mehr vorfand, wenn die Sonne aufgegangen war.

Aber das Harz konnte nicht so rasch verarbeitet werden, und der Forstadjunkt war ungemein schlau im Entdecken von Harzlagern inner- und außerhalb der Hütten auf dem Kniebis.

In den Kellern und unter den Misthaufen stöberte er zentnerweise Harz auf. Manchen Sack voll des klebrigen Stoffes jagte der Seppe-Toni von Wittichen den Waldleuten auch dadurch ab, daß er ihre Gespensterfurcht benützte und Gespenst und Teufel spielte.

Traf er nachts im Walde ein- oder das anderemal einen Trupp, der auf dem Heimweg war, so verhielt er sich mäuschenstill. Er folgte den Leuten unsichtbar und warf nur von Zeit zu Zeit kleine Steinchen in die nächtlichen Wanderer. Das wurde diesen nach einiger Zeit so unheimlich, daß sie glaubten, es sei etwas Ungerades oder der leibhaftige Gottseibeiuns in der Nähe. Wenn dann der Harzwächter noch plötzlich mit einer übermächtigen Drohstimme irgend ein Geisterwort losließ, warfen die Leute ihre Säcke ab und flohen blindlings.

Ertappte er einen oder den andern an Sonntagmorgen, wo mit Vorliebe geharzt wurde, so transportierte er ihn, mit gespanntem Hahn ihm folgend, vor die Kirche drunten unterhalb des Bades, beim »Klösterle«, und da mußte er, mit seinem Harzsack beladen, stehen bleiben, bis die Leute aus dem Gottesdienst kamen und den eigenartigen Sabbatschänder sahen.

Der Harzhandel und der Bretter- und Schindeln-Export ins Unterland kamen drum zeitweilig ins Stocken.

Beliebt war so der Forstadjunkt nicht bei den Harzern und Holzdieben, und mehr denn einmal feuerten sie nächtlicherweile auf ihn und er auf sie. Aber doch taten sie an ihm Christenpflicht, als er einst auf ihrer Höhe sich zum Sterben niedergelegt hatte.

In einer Winternacht, es lag tiefer Schnee auf dem Berg, und es schneite ununterbrochen weiter, ging er am Kniebis hinauf, um ganz oben an der württembergischen Grenze, über die oft Tannenbäume weggeschleppt wurden, zu lauern.

Je höher er kam, um so tiefer ward der Schnee. Er kämpfte mit ihm, bis er erschöpft niedersank. Leise, aber mächtig fielen immer neue Flocken auf den erschöpften Mann, der sich nimmer wehrte der Todesumarmung. Da fuhr draußen auf der Landstraße der

Postschlitten vorbei auf dem Weg aus dem Renchtal nach Freudenstadt. Im Schneelichte sah der Postillon etwas Menschenähnliches noch aus dem Schnee ragen. Er hält an, eilt über das Schneefeld und findet starr und leblos den Forstmann.

Er schlägt Lärm in einer Kutte, die zum Dorf Kniebis gehört, und bald sind Mannen genug da aus der Harzerkolonie, die ihren Forstwart ins Dorfwirtshaus tragen »zum krummen Schulmeister«, der, ein hinkender Mann, zugleich Wirt und Lehrer war.

Im warmen Bette erwacht der Seppe-Toni erstaunt wieder zum Leben auf. Seine Kniebiser erzählten ihm, was vorgegangen, und freuen sich, daß ihr guter Freund nicht im Schnee hat sterben müssen. Hatten die vom obersten Kniebis, die eigentlichen Kniebiser, dem Manne, der ihren Lebensfaden beschnitt, das Leben gerettet, so erwuchs dem starken Samson eine Delila bei ihren nächsten Nachbarn und Harzgenossen, bei den Holzwäldern.

Originell, wie er war und blieb, hat der zukünftige Teufelsteiner sich auch sein Weib gesucht.

Geht er da eines Tages, bald nach seiner Ankunft in Rippoldsau, vom Klösterle dem Bade zu. Unterwegs begegnen ihm die Schulkinder von der Holzwälderhöhe, um ins Klösterle hinab in die Schule zu wandern, Buben und Meidle untereinander.

Na, so erzählte er siebzig Jahre später selbst, faßte er ein großes, starkes Meidle ins Aug', etwa dreizehnjährig. In einer Zwillichtasche trug es seine Schulsachen auf dem Rücken und hatte zerrissene Strümpfe an.

Er fragt das Meidle, wem es gehöre, und erfährt, es sei »'s Schochenhansen Heli« und ihr Vater der Wirt »zur Holzwälderhöhe«. Die heirat' ich, beschloß der Seppe-Toni von Wittichen, sobald sie alt genug ist. Sie ist gesund, stark und nit hoffärtig, denn sie hat Löcher in den Strümpfen.

Und er hat Wort gehalten. Als die Heli (Helene) 18 Jahre alt war, am Katharinentag des Jahres 1835, ging der Forstadjunkt in grüner Gala und mit dem Hirschfänger angetan auf die Holzwälderhöhe und zum Schochenhans und hielt um die Heli an. Der Hans, ein armer Mann, und sein Weib sagten mit Vergnügen ja und auch die

Heli, der es nie geträumt hätte, einen fürstlichen Jäger zu bekommen.

Am Abend war Katharinen-Tanz im Bad, und da erschien der junge, schöne Forstadjunkt mit der Holzwälderin und stellte sie als seine Verlobte vor.

Talauf, talab, waldaus und waldein redeten die Leute davon, daß die Heli vom Holzwald den Forstadjunkten bekomme. Doch sie war auch ein bildschönes, großes, schlankes Meidle mit antik gebogener Nase, blauen Augen und dunkelblonden Haaren.

Die Harzer im Holzwald und auf dem Kniebis aber hatten fortan keine schlechten Tage; denn wenn der Wächter auf ihre Höhe kam und im Wirtshause bei der Heli saß, so waren sie sicher, daß er ihnen nicht sobald einen Besuch machen werde.

Der Samson hatte seine Delila gefunden, und die Philister auf dem Kniebutz sägten indessen Tannen ab oder gingen den Fichten ans Harz.

Der Schochenhans war, wie gesagt, ein armer Mann, aber er pflanzte doch so viele Kartoffeln und so viel Hafer, um einige Schweine zu mästen. Und das kam dem Verlobten seiner Heli sehr zu statten; denn er litt, wie er später oft erzählte, in den Tagen vor der Verlobung manchmal Hunger.

Er war dienstlich verköstigt beim Revierjäger, und der bekam vom Rentamt Hasle für die Atzung des Unterjägers und Adjunkten ganze 60 Gulden jährlich, während dieser ebensoviel für Kleidung und 40 Gulden Verlöstigungszulage erhielt. Das war alles für die vielen nächtlichen Gänge auf den Kniebutz, in den Glaswald und in den Kohlwald.

Noch im Jahre 1890 schreibt der Teufelsteiner: »Damals hatten wir Jäger mit dem Federkiel keine, mit der 2 - 3 Meter langen Feuersteinflinte aber viele Arbeit und kleine Löhne.«

In seiner nächsten Nachbarschaft, im Bad Rippoldsau, sah er zur Sommerszeit zwar viele reiche Leute essen und trinken und lustig sein, aber er hatte allermeist nur das Zusehen.

Bisweilen kam aber seiner Mutter Bruder, der reiche Vogtsbur Harter aus dem Kaltbrunn, welcher im Bade mit dem Großherzog und dem Fürsten von Fürstenberg verkehrte, und dann gab's Wohl auch einen guten Tag für den Adjunkten, der um sechzig Gulden in die Kost gegeben war.

Als ob die Herren in Donaueschingen Wind bekommen hätten von seinen Absichten aufs Schochenhansen Heli, versetzten sie ihn, damit er näher bei den Holzdieben sei, auf den Holzwald, gaben ihm eine Hütte unweit der Heli und 240 Gulden Gehalt.

Sie ahnten aber nicht, daß die Harzer mit dieser Einrichtung sehr zufrieden waren, mehr als vorher. Selten mag auch einem Beamten eine Versetzung so günstig gekommen sein, wie dem Forstadjunkten von Rippoldsau.

Zwei Jahre hauste er im Holzwald, und so oft der Samson bei der Delila weilte, telegraphierten sich die Harzer und gingen an ihre stille Arbeit.

Der alte Jäger war längst gestorben und ein neuer an seine Stelle getreten, ein böhmischer Junker von Hetzendorf, ein fescher, lustiger Herr, den ich in seinen alten Tagen noch gar wohl kannte. Er war ein vortrefflicher Gesellschafter und überließ zur Sommerszeit, wenn die Badegäste da waren, gerne seinem Adjunkten im Holzwald die ganze Jägerei.

Indes war des Adjunkten Vater, der Revierjäger in Wittichen, alt geworden und dem beschwerlichen Revier nicht mehr gewachsen. Er trat in den Ruhestand, der alte Seppe-Toni, aber den Wald verließ er nicht nur nicht, sondern zog in eine noch größere Einöde, als Wittichen war.

Ganz hinten im Wüstenbach hatte das Kloster einst eine Viehhütte, in deren Nähe einige Häuschen von Bergknappen lagen, welche die Silbergruben »Güte Gottes« und »David« bebauten.

»In der Berb« heißt dieses Wildtal. Dorthin zog der alte Jäger Fürst. Er kaufte die Viehhütte, baute sie wohnlich um, zog mit Weib, Kind und 200 Singvögeln in die Einöde, wo er noch lebte bis zum Jahre 1851 und dem Häuschen bis zur Stunde den Namen »das Jägerhaus« hinterließ, trotzdem es längst in andern Händen ist.

Ins Kloster Wittichen aber zog Seppe-Toni, der jüngere, vom Holzwald hierher transferiert. Die Harzer und die Tannenmörder am Kniebutz sahen den jovialen, lustigen Mann ungern scheiden, denn seit er bei ihnen im Holzwald wohnte, war er, wenn auch pflichtgetreu, so doch gezähmter.

Das Wort Voltaires, die Frauen seien dazu da, um die Männer zu zähmen, ging auch auf der Holzwalderhöhe in Erfüllung. –

Noch zwei bis drei Jahrzehnte nach unseres Forstadjunkts Weggang blühte auf dem Kniebis das poetische Gewerbe der mit Lichtern in den Wald ziehenden Harzer, und dann ging es – viele arme Teufel wurden anfangs der fünfziger Jahre auch auf Staatskosten nach Amerika geliefert – mehr und mehr unter und ist heute gänzlich abhanden gekommen.

Kultur und Fortschritt haben in unserer Zeit die Lehre gegeben, daß nur das Stehlen im großen sich rentiere, Geld und Ehre bringe, im kleinen aber scharf gestraft werde und zu wenig abwerfe.

Diese Lehre ist auch ins Volk gedrungen und bis auf den Kniebis und hat hier dem Harzen ein Ende gemacht. –

Sodann sind die Menschen unserer Tage bald überall zu bequem. Sie liegen zur Winterszeit lieber auf die Ofenbank und hungern, als daß sie unter nächtlichen Strapazen Harz holen und es mühsam in die Taler hinabführen und verhausieren.

Auch die Poesie schwindet mehr und mehr im Volke und so auch die von Poesie umwobene Lichterfahrt in die dunkeln Forste am und auf dem Kniebutz. Was hier noch an alten »Harzlachen« in den Fichten der Wälder existiert, haben friedliche Renchtäler heute gepachtet und harzen sie vollends zu Tod. Neue werden keine mehr aufgemacht, weil aus Amerika billigeres Harz kommt.

Ich bedauere, daß die Harzer auf dem Schwarzwald aussterben: denn der alte sächsische Forst- und Wildmeister Hans von Flemming schreibt noch anno 1749 in seinem Buch »Der vollkommene Teutsche Jäger«, daß der Schwarzwald eigentlich Harzwald heißen sollte und die *silva Hercynia* bei den Römern »Harzwald« bedeutet habe. Ich meine, weil die Soldaten des Weltreichs, als sie das erstemal von der Donau her über den Kniebis marschierten, die ersten Harzer sahen und trafen, darum tauften sie den Wald *silva Hercynia*. Und richtig übersetzt schon vor Flemming der Lexikograph Adam Kirsch das lateinische *silva Hercynia* mit Harzwald.

Also die Harzer vor, sage ich, und in Schulen und in Reisebüchern dem Schwarzwald seinen rechten Namen gegeben, der da heißt: »Harzwald!«

Ich hoffe, daß in nicht allzufernen Zeiten die Amerikaner ihre Wälder ausgewüstet haben werden und kein Harz und kein Holz mehr nach Deutschland liefern können; dann wird man auch bei uns wieder harzen, und die braven Kniebutzer und Holzwälder werden wieder mit Lichtern in die Fichten ziehen und um Harz kämpfen mit verliebten Jägern. Und die Frau, die lobesame, wunderbare, die hochedle Poesie wird wieder ihren Einzug halten in den Wäldern an den Quellen der Kinzig. Das walte der Genius der Menschheit!

Bis dahin müssen die Kniebutzer mit Holzmachen und mit Schneeschaufeln ihr hartes Brot verdienen.

Noch bis heute sollen sie den alten Humor nicht verloren haben. Wenn sie im Winter die Heerstraße vom Schnee befreien und es schneit lange nimmer, so schaufeln sie den Schnee von den Dünen wieder in die Straße zurück, um dieser dann ihre Last aufs neue abzunehmen und so ihr täglich Brot zu verdienen.

Und als vor einigen Jahren der Staat ihnen Saatkartoffeln lieferte, haben sie dieselben vor der Saatzeit ruhig verspeist. –

Die Kniebutzer haben meine Sympathie auch deshalb, weil ich, über ihre Abstammung nachforschend, gefunden habe, daß unter den ersten Kolonisten auch Leute von Hasle und von Hofstetten waren, deren Geschlechtsnamen Schwendemann, Neumaier und Herr noch blühen sowohl auf dem Kniebis, als in und um Hasle.

Ihr eben erwähnter Humor deutet auch auf eine Herkunft aus der Gegend von Hasle. –

In Wittichen traf der Forstadjunkt im Kloster, wo er die elterliche Wohnung bezog, nur noch eine von den Nonnen seiner Knabenzeit, die Schwester Antonie Schmid, eine Kaltbrunnerin und die letzte ihrer Versammlung.

Sie übte noch, wie die Witticher Klosterfrauen von altersher, um Gottes Lohn das Amt eines Apothekers und bereitete alle Medizinen zu, welche die Aerzte der Gegend verschrieben. Und das Volk ringsum sah in ihr noch eine letzte Säule des Gotteshauses, das Jahrhunderte lang der Segen der Gegend war, auch in leiblicher Hinsicht.

Das Kloster hatte eigene Güter im Schwabenland, von wo alljährlich fruchtbeladene Wagen in die Einöde von Wittichen kamen und Brot brachten für alle, die Hunger hatten.

Die bald achtzigjährige Schwester Antonie, der Pfarrer Thoma, ein Schwarzwälder von Löffingen, seine Käuferin und der lebensfrohe Forstadjunkt waren Ende der dreißiger Jahre die einzigen Bewohner des Klosters, und einsam hallten die Schritte derselben durch die Gänge, und ungehört verhallten die Töne, die der Seppe-Toni an stillen Abenden seinem Waldhorn entlockte. Und niemand lauschte, wenn er voll Heimweh sang:

Ueber'm Berg, sagt er, steht der Mond, sagt er.
Und zur Hütten, sagt er, scheint er 'nein.
In der Hütten, sagt er, sitzt a Meidle, sagt er,
Möcht' so gern, sagt er, bei ihm sein!

Der Jäger hätte gerne, um dieser untröstlichen Einsamkeit zu entgehen, seine Heli heimgeführt, denn er hielt treu zu ihr trotz ihrer Armut. Doch er sollte eine Kaution stellen, die zwar nur 1000 Gulden betrug, aber weder von ihm, noch vom Schochenhans im Holzwald aufgebracht werden konnte.

Er hatte eine Besoldung von 300 Gulden und vier Klafter Holz nebst freiem Quartier; aber auf dieses Einkommen lieh ihm kein Mensch Geld, und er wollte so auch keines, denn auf einen Schuldschein hin heiraten zu können, widerstrebte ihm.

Die Schwester Antonie hielt sich in strenger Klausur, so daß der Pfarrer und der Forstadjunkt auf sich angewiesen waren und sehr bald sich anfreundeten.

Manchen Abend, wenn der Jäger aus dem Walde kam, saßen beide dem Kloster gegenüber in der ehemaligen »Schaffnei«, in welcher ein Bierwirt sich etabliert hatte, und schmiedeten Pläne für die Verheiratung des Jägers ohne Kaution.

Der Pfarrer hätte sie ihm gerne gestellt, nachdem er den Biedern erkannt hatte, aber ein Leutpriester von Wittichen war zu allen Zeiten ein armer Herr, der kaum etwas mehr hatte als sein grüner Nachbar.

Eines Abends meinte der Pastor, er habe jetzt einen Plan, den er aber dem Jäger nur teilweise verraten könne. Der Seppe-Toni, so riet er, möge die Heli einstweilen als Hauserin zu sich nehmen, er, der Pfarrer, habe ja auch eine solche, und es werde drum nicht auffallen. Für das übrige, was noch fehle zum Heiraten, wolle er dann schon sorgen.

Das war dem Jägersmann gleich recht und der Heli auch. Sie kam vom Holzwald herüber und hauste mit ihrem Seppe-Toni in des Klosters düstern Hallen.

Ahnungslos ging sie nach einiger Zeit eines schönen Sonntags im Frühjahr hinüber in die Kirche in ihrer rotbebänderten Spitzenkappe, dem grünen Fürtuch und dem schwarzen »Schobe«, an ihrer Seite in Jägeruniform ihr Bräutigam.

Nach der Predigt beginnt der Pfarrer der Gemeinde zu verkünden, für welche Toten in der kommenden Woche die heilige Messe gelesen werde, und dann fuhr er fort: »Zum heiligen Sakrament der Ehe – die Gläubigen machten wie üblich eine Kniebeugung als Zeichen der Hochachtung vor diesem Sakrament – haben sich entschlossen: »Der ledige Forstadjunkt Josef Anton Fürst von hier und die ledige Helene Schmid von Rippoldsau.«

Alle Wibervölker schauten die Heli an, die rot ward wie Zinnober, und alle Mannsleute den grünen Mann, der neben dem Bürgermeister von Kaltbrunn in dem vordersten Stuhl stund. Alles staunte, denn das ging gegen alle Bäckerregeln, daß zwei in der Kirche sind, wenn man sie von der Kanzel »herabwirft«. Der Seppe-Toni war auch peinlich berührt, aber es fuhr ihm der Gedanke durch den Kopf, der Streich, den der Pfarrer ihm eben gespielt, könne nur aus Freundschaft gefallen sein. Dem Vetter Bürgermeister aber flüsterte er ins Ohr: »Der Pfarrer macht heute Musik vor der Kirchweih und will mir einen Streich spielen.«

Als der Pastor aus der Kirche ins Kloster zurückkehrte, kam ihm der Forstadjunkt schon entgegen und rief: »Was habt Ihr mir für

Geschichten gemacht? Die Heli sitzt in der Küche und heult und briegt,[2] daß sie und ich heute in der Kirche in Spott und Schand' gekommen seien.«

»Das hab' ich zu eurem Heile getan,« lachte der Kirchherr von Wittichen. »Jäger, kommt nur mit zur Heli!« Unter der Türe der Küche stehend, in welcher weinend die Heli auf einem alten Stuhle saß, fuhr der Pfarrer fort: »Seit Jahr und Tag wollt ihr zwei heiraten und könnt nicht, weil die Kaution fehlt. Ich helfe euch jetzt dazu, ohne Geld. Drum hab' ich euch heute ausgerufen, und morgen schreibt der Adjunkt nach Donaueschingen, was der Pfarrer ohne sein Wissen und Willen getan habe, und daß er, der Jäger, jetzt nicht mehr ledig bleiben könne, wenn er nicht ins Gespött kommen wolle. Und ich schreibe auch hinauf, daß ich so hätte tun müssen, weil ich als Seelsorger unmöglich einen jungen Jäger und ein so junges Mädchen aus dem Holzwald länger unverheiratet in der Pfarrei dulden könne.«

»Und dann hab' ich noch einen persönlichen Grund, warum ich will, daß es zur Hochzeit komme. Ich werde auf den ersten Mai versetzt, möchte aber noch bei eurer Hochzeit sein und euer junges Glück sehen.«

Der Seppe-Toni strahlte bei diesen Worten, und die Heli hatte zu weinen aufgehört und schaute versöhnt den Pfarrer an, besonders als er hinzufügte: »Wenn mein Plan nicht obsiegt, so mache ich Schulden und leg' euch die Kaution geschenkt auf den Tisch. So gewiß bin ich meiner Sache!«

Jetzt nahm der Jäger den Hut vom Kopf, schwang ihn in die Höhe und tanzte in der Küche, und die Heli lächelte.

Es ward dem Plane des Pfarrers gemäß gehandelt, und bald kam vom Oberforstrat von Koller der Bescheid, »weil mancher auch mit Wenigem bei Genügsamkeit sein Lebensglück finden könne, werde dem Forstadjunkten Fürst von und zu Wittichen der erbetene Heiratskonsens in Gnaden bewilligt.«

Jetzt kehrte Freude ein im stillen Klösterlein. Der Jäger aber sang auf seinen Waldgängen, daß es schallte, und seinem Waldhorn ent-

---

[2] Briegen und heulen bedeuten beide schwächeres oder stärkeres Weinen.

lockte er die schmetterndsten Jubeltöne. Er sang auch jenes alte Lied:

Es wollte vor Zeiten ein Jäger frei'n
Und zog in den grünen Wald hinein.
Trara, trara!
Er lockt' das hohe und niedere Wild,
Die Männchen und Weibchen im grünen Gefild:
»Ihr lieben Gesellen, ach, ratet mir fein.
Wie muß mein Betragen im Ehestand sein?«

Der Jäger trieb auch einen Dachs aus dem Bau:
»Wie leb' ich zufrieden mit meiner Frau?«
Da gähnte der Dachs und strich sich den Wanst:
»Ach, schlafe, so lang' und so fest du kannst.
Denn nur, wenn man weder hört noch sieht.
Hat man vor Weibern Ruh' und Fried'.«
Trara, trara, hallo, hallo!

Am 22. April 1839 ward Hochzeit gehalten im Waldkirchlein zu Wittichen und draußen im Vortal in der Linde. Der angesehenste Gast beim Mahle war damals wohl der Onkel des Jägers, der Vogtsbur und Bürgermeister Harter von Kaltbrunn, dessen Leben ich ein andermal erzählen will und der damals auf der Höhe seiner Bauerngröße stund.

Bald nach der Hochzeit wurde der Adjunkt zum Beiförster ernannt und mit 400 Gulden Besoldung begnadigt. Er hatte bisher das Revier seines Vaters verwaltet und gehofft, Revierjäger zu werden. Zur Begründung dieser Hoffnung hatte er nach Donaueschingen berichtet, »er sei des Dafürhaltens, daß die Bäume unter ihm gerade so gut wachsen würden, wie unter einem Revierförster. Er gebe überhaupt nicht viel auf studierte Leute.«

Als diese Hoffnung zu Schanden wurde, war er aber nichts weniger als unglücklich, denn er glaubte, mit 400 Gulden, freiem Quartier und Holz flott leben zu können. Es sollte aber anders kommen, wie fast jedesmal, so oft Menschen sich eine goldene Zukunft träumen.

Tagsüber im Wald, abends in der Schaffnei beim Pfarrer, so gingen in ländlicher Urstille dem Jäger zwei Jahre nach der Hochzeit vorüber. Da ward der Forstsitz von Wittichen verlegt und mit ihm der Beiförster in eine menschenleere Einöde versetzt, eine starke Stunde vom Kloster weg auf einsame Höhe.

Hier wurde unser Seppe-Toni zum Fürsten vom Teufelstein, und hier hat er während mehr als eines halben Jahrhunderts jene wunderbare Originalität entwickelt, um derentwillen er nicht unbeschrieen versinken darf in die herkömmliche Vergessenheit.

3.

Westlich von Wittichen liegt ein kleines Wildtal, tief, eng, felsig und von hohen, waldigen Bergwänden eingeengt. Heubach heißt es, im Volksmund Heuwich, und wird von einem kleinen Bergwasser eilig durchzogen. Bis vor wenig Jahren führte nur ein Saumpfad neben dem Wasser her in dies Tälchen hinein, in welchem zerstreut in düstern Gründen einzelne Taglöhnerhütten stehen, während die Bauernhöfe, unsichtbar, ganz oben auf dem Hochplateau liegen.

Etwa in der Mitte des Tälchens finden wir einsam das Wirtshaus zum »Auerhahn«, das seine Entstehung Jägern und den Bergknappen verdankt, die hier in der Grube »St. Anton« einst mächtige Stollen in den Berg trieben, um Silber zu Tag zu fördern.

Nördlich vom »Auerhahn«, auf der andern Seite des Wildbachs, ist der »Abrahamsbühl«, der aber frischweg den Namen Berg verdient. Auf seinem höchsten Punkte lag, als der Forstadjunkt Fürst in Wittichen amtete, ein rauher Waldhof, der Heuwich-Andresenhof.

Sein Besitzer, einer vom reichen Stamme der Harter vom Roßberg, der Heuwich-Andres genannt und der gleiche Andres, welcher als Bursche einst den jungen Seppe-Toni nach Waldhausen geführt hatte, bekam von der fürstlich fürstenbergischen Standesherrschaft für seinen Hof auf dem Abrahamsbühl 89000 Gulden. Viel Geld für einen Bur vor sechzig Jahren.

Der Andres kaufte zunächst einen andern Hof im Kaltbrunn, den Bernethof, wo sein Weib daheim war. Es blieb ihm aber noch so viel Geld, daß er üppig wurde.

Drunten im Auerhahn im Heuwich, im Ochsen im Schapbacher Tal und z'Wolfe im Salmen warf der Andres manchmal das Geld handvollweise zum Fenster hinaus und schaute vergnüglich zu, wenn die Leute sich darum stritten.

Weil er stets viel Geld mit sich führte, wurde ihm auch oft aufgepaßt. Und der Schieden-Landolin aus der Gemeinde Kinzigtal erschlug in einer Nacht im Langenbacher Tal den »Schosmarti«, einen Schafhändler, weil er ihn für den reichen Heuwich-Andres hielt.

Als dieser kein Geld mehr zum Hinauswerfen hatte, verkaufte er den Bernethof, um wieder zu Geld zu kommen. Und da alles draußen und er blutarm war, schlug er sich mit Besen- und Strohschuhmachen ehrlich durch bis zu seinem Tod.

Ich möcht' dem Heuwich-Andres kein zu strenges Urteil fällen, denn der Mann war fröhlich mit den Fröhlichen und später zufrieden und arm bei den Armen.

Auf den Hof des Andres auf dem Abrahamsbühl setzte die fürstenbergische Domänenkanzlei anno 1841 den Beiförster von Wittichen, ihn selbst aber unter den fürstlichen Forstverwalter in Wolfe.

Rings ums Haus bekam er für wenig Geld ein großes Stück Land, um Korn, Hafer, Kartoffeln und Gras pflanzen und Kühe, Schweine und, was längst sein Ideal war, ein Pferd ernähren und halten zu können.

Vergnügt zog er drum mit seiner Heli und zwei kleinen Kindern auf die einsame Höhe. Das erste, was er hier bei einem Gang in die Nachbarschaft entdeckte, war sein zukünftiger Ehrentitel.

Unweit vom Abrahamsbühl, durch Wald verdeckt, liegt das Bergkirchlein von St. Roman, die Pfarrkirche für die Heubacher, wunderbar in grüner Waldeinsamkeit.

Von dem neuen Forsthaus weg führt der Weg dahin am »Teufelstein« vorüber. Diesen roten Steinblock trug, so erzählt sich das Volk, der Teufel über die Wälder daher, als ein frommer Einsiedelmann für sich und die Buren der waldigen Einöden ringsum dem heiligen Romanus ein Kirchlein gebaut hatte. Mit dem Steine wollte der Böse das Gotteshäuschen zerschmettern. So gibt er einem Bäuerlein an, das den Gottseibeiuns mit der Steinlast im Walde antrifft, da er sie eben abgelegt hat, um auszuruhen.

Das Bäuerlein ruft Gott und alle Heiligen an, und siehe da, als der Feind Gottes die Last wieder heben will, um sie auf das unserne Kirchlein fallen zu lassen, ist sie zu Brei verwandelt. Empört stampft der schwarze Geselle seinen Pferdefuß in die weiche Masse und geht – zum Teufel.

Das Kirchlein ist gerettet. Der Stein wird wieder hart und die Buren fürchten mit der Zeit das Höllengestein nimmer; sie spalten ihm

Stücke ab zu Bausteinen, und er wäre längst verschwunden, wenn die fürstliche Standesherrschaft ihn nicht gerettet und das Steinholen verboten hätte.

Fromme Wallfahrer, die Völker aus dem mittleren und oberen Kinzigtal, so am ersten Sonntag im August dem St. Roman zu Ehren mühsam nach dem Kirchlein wallen, besuchen in der Regel auch den Teufelstein.

Dieser war der allernächste Nachbar des Beiförsters auf dem Abrahamsbühl; darum nannte und schrieb er sich fortan »Josef Anton Fürst vom oder am Teufelstein«. Und so hieß ihn bald auch der Volksmund.

Der Teufel, so meinte der Fürst, passe für einen Jäger und müsse ein Freund dieser Leute sein, weil er sich mit Vorliebe als Jäger verkleide.

Sein Vater, der alte Revierjäger, hatte mehr als einmal den grünen Weidmann in dem Waldrevier um Wittichen getroffen, namentlich wenn er an Sonntagen jagte.

Drum hat er schließlich das Jagen an diesen Tagen ganz aufgegeben, der Witticher Nimrod, weil er oft den grünen Mann sah an solchen Jagdtagen, und weil einmal ein Hase, auf den er am Sonntagmorgen geschossen, da es eben Wandlung läutete in der Kirche drunten, sitzen blieb und ihm mit dem rechten Lauf einen »Finger machte«.

Der Fürst vom Teufelstein fürchtete seinen Adelspatron nicht, denn seine Heli war gar fromm und betete ihm alle Teufel von Haus und Wald weg, und er selbst, der Seppe-Toni, ging jeden Sonntag in grüner Jägeruniform hinaus in das kleine, dunkle Kirchlein von St. Roman. –

Hatten die Donaueschinger Waldregenten den Beiförster von Wittichen schon als offenen Mann kennen gelernt, der auf studierte Leute nichts hielt und es ihnen auch schrieb, so sollten sie ihn, da er auf dem Abrahamsbühl und in der Nähe des Teufelsteins residierte, auch als einen praktischen Bittsteller kennen lernen.

Das Bauernhaus, welches er bezog, war ein Holzhaus, auch innen völlig getäfelt. Hinter dem Getäfel aber hatten im Lauf der Zeit

Wanzen ihre Herberge aufgeschlagen und ganze Gemeinden gegründet.

Der Fürst vom Teufelstein beschloß daher, in Donaueschingen den Antrag zu stellen, die Bretterwände wegnehmen und die Zimmer und Kammern weißeln zu lassen.

Getan! Die Antwort blieb aber aus. Da moniert er und legt als Beweisstücke 12 lebendige Wanzen bei. Abermals Schweigen droben in der Bar. Vier Wochen später schickt er 24 Stück jener unbeliebten Tierchen und bemerkt dazu, weil die Wanzen sich so sehr vermehrten, müsse er eine Kolonie davon in Donaueschingen anlegen.

Jetzt fürchten die Herren, alle Wanzen vom Abrahamsbühl zu bekommen, und sie willfahren dem Teufelsteiner – ohne Rüffel.

Da räsoniert man über die Bureaukraten der alten Zeit, und doch haben sie hier gezeigt, daß sie Humor verstanden und keine Tyrannen waren.

Ich möchte es in unserer blasierten und pomadisierten Zeit keinem Beiförster raten, Wanzen nach Karlsruhe oder nach Donaueschingen zu senden. Das wäre ein Majestätsverbrechen gegen die hohen Vorgesetzten, und der Warenlieferant käme mit einem Federstrich um sein Brot.

Drum lob' ich mir eben stets die alte Zeit, die in alleweg besser war, bei den Bauern wie bei den Herren. –

Nachdem der Mann am Teufelstein sich im Hause Ruhe verschafft, begann er den ehemaligen Hof mit Wald anzupflanzen und ließ nur das Land ums Forsthaus herum kultiviert. Nach wenig Jahren war er rings von Wald umgeben, und heute liegt die Residenz des Teufelsteiners mitten im Hochwald, den er gepflanzt und gepflegt hat, der unter ihm groß geworden und zwischen dem er selbst alt geworden und gestorben ist.

Und er hat diesen Wald und die Wälder ringsum geliebt wie seine Kinder.

Aber *er* hat sich auch eine Waldresidenz geschaffen, einsam, heimelig, immergrün, weltfern und von wunderbarer Poesie umwoben.

Und daß die große Naturseele des Beiförsters am Teufelstein diese Poesie empfunden hat, werden wir gleich und noch oft sehen.

Bald hatte er entdeckt, daß sein Waldhorn drüben am Wald von St. Anton ein herrliches Echo hervorrief, und morgens in der Frühe, ehe er auszog in des Waldes düstere Gründe, und am Abend spät, wenn er heimgekehrt war, stund er vor seiner Hütte und rief mit seinem Horn im Walde jenseits des Tales Nachklänge wach, die wie Harfenton durch seine Seele zogen.

Sah er einen einsamen Wanderer an der gegenüberliegenden Bergwand, den Weg suchend oder seines Weges gehend, so nahm er sein Waldhorn, gab ihm ein Signal oder sandte ihm einen Gruß vom Fürsten vom Teufelstein.

Aber es gab am Abend noch manche einsame Stunde auf dem Abrahamsbühl. Auch die wußte sich der Mann vom Teufelstein zu ergötzen. Neben seinem Waldhorn schaffte er sich zeitig eine Drehorgel an, die er in trüben und heiteren Stunden fortan ein halbes Jahrhundert lang spielte und an deren einfachen Weisen er sich immer wieder erfreute.

Daß er fünf Jahrzehnte hindurch nicht genug bekam, seine Drehorgel zu hören, spricht auch für die Naturseele des Mannes auf dem Abrahamsbühl und ist keiner der geringsten Momente, derentwegen ich meine Freude an ihm habe.

Mir selbst ist – so ungebildet und bürisch das auch klingen mag in den Ohren unserer Hyperkulturmenschen – Drehorgelmusik lieber als eine Symphonie von Beethoven. Und ein armer Drehorgelmann, der etwas entfernt von mir seine Volksweisen spielt, kann mich zu Tränen rühren. –

Des Monats einmal sattelte der Fürst vom Teufelstein sein Rößlein und ritt als stolzer Jägersmann mit Hirschfänger und im grünen Rock das enge Sulzbachtälchen hinab und gen Wolfe, wo er seine 33 Gulden Gehalt holte und seinem Revierförster Meldung machte.

Dieser war anfangs sein einstiger Chef in Rippoldsau, von Hetzendorf, mit dem er die gleiche Vorliebe, die er übrigens von seinem Vater ererbt hatte, teilte, Singvögel aller Art zu halten.

Ich erinnere mich noch aus meiner Knabenzeit, daß selbst in Hasle in unserem Bubenkreise viel gesprochen wurde von den zahllosen Vögeln des Herrn von Hetzendorf. Er war frühzeitig pensioniert worden und hatte ein Gütchen gekauft oben an der Kinzig im Hagenbuch. Er starb, ziemlich arm, in den siebziger Jahren und verlangte ausdrücklich, wie ein armer Mann begraben zu werden. –

Der Dienst auf dem Abrahamsbühl war nicht beschwerlich und noch weniger gefährlich. Die Leute im Heubach und in und um Wittichen waren nicht so harz- und holzgelüstig, wie die armen Menschen auf dem Kniebutz. Die Bauern im Gebiet von Wittichen und St. Roman haben selbst große Wälder, und wenn ein armer Teufel einmal einen »Dürrständer« holte, so war der Fürst vom Teufelstein gnädig, wie's recht und billig ist.

Er pflegte auf seinen Waldgängen als fröhlicher Mann stets zu pfeifen oder zu singen. Und wenn er trotzdem auf einen Frevler stieß, so fuhr er ihn an: »Hast mich denn nicht pfeifen hören, warum hast dich erwischen lassen?« Und dann schrieb er den dummen Dieb in sein Anzeigebuch.

Ich weiß nicht, wer das unschöne Wort erfunden hat: Forstfrevel und Forstfrevler. Es war ein harter Mann, der's erfand, daß er das Holen von Reisig und Brennholz, was nur arme Menschen tun, um sich zu wärmen und ihr kärgliches Mahl zu kochen – einen Frevel taufte, ein Wort, das heute noch blüht in der Justiz.

Ich meine, es wird am Volke, an seinem Glauben, an seinen Sitten und Gebräuchen, an seinem Wohlstand in unserer Zeit viel gefrevelt, was ein wahrhaftiger Frevel ist, gegen den das unberechtigte Holen von Holz im Wald mir als ein reines Kinderspiel erscheint. –

Unser Teufelsteiner war, nicht bloß ob seines biedern, heiteren Wesens und nicht nur ob seiner Waldhornsignale und -grüße und weil er den Leuten, die in sein Haus kamen, Drehorgel spielte, beliebt auf allen Bergen, in allen Tälern und in allen Gründen vom Hirschgrund bis zum Ochsengrund – sondern auch wegen seines Pfeifens und Singens, womit er den harmlosen Frevlern seine Ankunft signalisierte.

Als deshalb einige Jahre nach seiner Niederlassung am Teufelstein die Revolution losbrach und bis in die Wälder und Einöden von Kaltbrunn und Wittichen drang, als seine vier Brüder in den Kampf gezogen waren für Freiheit, Gleichheit und Brüderlichkeit, da sprachen die Buren zum Teufelsteiner: »Wenn wir jetzt die fürstlichen Wälder bekommen, so müßt Ihr unser Oberförster werden.« Und als die Nachricht in die Berge kam, drunten in Husen hätten sie dem Fürsten von Fürstenberg schon das Versprechen »abgejagt«, auf seine Besitzungen im Tale zu verzichten – da kamen die Buren abermals und trugen dem Fürsten vom Teufelstein die Oberförsterei an.

Der schmunzelte und zwinkerte mit den Augen, stopfte nebenbei seine Pfeife und sprach: »Ihr Männer, darüber reden wir, wenn einmal alles fertig ist und die Revolution gewonnen hat. Bis dahin will ich Euch den Wald hüten, und Ihr geht hinunter ins Land und bringt mir's schriftlich vom Fürsten, daß der Wald Euch gehört.«

Sprach's und blieb – die Freiheit im Herzen, wie jeder brave Mann – mäuschenstill auf seinem Abrahamsbühl, während sie drunten im Kinzigtal in kühnen Reden die Fürsten aufhängten und ihre Güter teilten.

Es ist ein natürlicher Zug des Volkes, d. i. des Kleinbürgers, Halbbauern und des Bauern, bei Revolutionen in erster und letzter Linie nur an eine Vermehrung des Besitzstandes und an Verminderung der Lasten zu denken. Um Freiheiten in höherem Sinn bekümmern sich diese Leute nicht: sie fühlen, daß sie ihnen doch nichts nützen würden.

Aber das fühlt er auch, der Bauer, daß eigentlich Feld und Wald denjenigen zu eigen sein sollten, die sie kultivieren, anpflanzen und bebauen. Und dieses Gefühl teile ich mit ihm.

Es wird aber trotz aller Revolutionen nie dazu kommen. Vielleicht wär's nicht einmal gut. Es könnte den Bauern zu wohl werden, und das wäre weit gefährlicher, als wenn's dem Herrenvolk zu wohl wird – weil es viel mehr Bauern gibt als Herren. –

Hatte die Klugheit den Teufelsteiner glücklich durch die Klippen der Revolution gesteuert, so büßte er doch unter den Nachwehen derselben. Die Reaktion im Lande, der Mangel an Kredit infolge der Revolution und schlechte Ernten machten die ersten Jahre des fünften Jahrzehnts im 19. Jahrhundert zu einer betrübten und armseligen Zeit.

Das Hungerjahr 1847 und die Notjahre 1852 und 1853 kehrten auch im Forsthaus auf dem Abrahamsbühl ein, weil der Mann mit 33 Gulden Monatssold zehn lebendige Kinder hatte und trotzdem noch jedem Armen, der an seine Türe pochte, etwas gab.

Sein Weib, die Heli, die sonst sehr wohltätig war, mußte ihn bisweilen mahnen, da sie bald selbst nichts mehr zu essen hätten für sich und die eigenen Kinder. Doch der wackere Mann gab ihr jeweils zur Antwort: »Wir geben, so lang wir etwas haben, und wenn wir nichts mehr haben, so gehen wir auch betteln, dann haben wir wieder so viel, als die andern.« Und so tat er, und wenn die Not groß war, schrieb er seinem Fürsten nach Donaueschingen.

»Ich ringe in großer Not und Sorge, um mich und meine Familie zu erhalten, und weiß mich kaum mehr zu erwehren,« also schrieb er, wenn der Hunger im Forsthause stund und die vielen Kinder, sieben Buben und drei Meidle, nach Brot riefen.

Und jedesmal kamen 50 oder 100 Gulden, und davon gab der Mann am Teufelstein jeweils auch den Bettlern wieder, und wenn das Geld alle war, ging er selbst wieder betteln.

In sein Waldhorn aber blies er die trüben Stimmungen und seiner Drehorgel entlockte er heitere Weisen, wenn des Lebens Kummer und Sorgen ihm den Humor rauben wollten.

Doch in jenen schlimmen Zeiten erschien auf dem Lebensgang des Fürsten vom Teufelstein auch ein Mann, der ihm zum treuen Freund wurde, obwohl er sein Vorgesetzter war.

Im Jahr 1851 kam der Revierförster Bogenschütz nach Wolfe, ebenfalls eines Jägers Sohn aus dem Forsthaus Kriegertal im Hegau, der bald seine helle Freude hatte an dem biedern, geraden Mann. Tagelang durchstreiften beide fortan mehr denn ein Vierteljahrhundert die Wälder im Heuwich und in Wittichen und sangen dabei in ihren jungen Jahren, wie der Teufelsteiner in seinen alten Tagen noch erzählte, daß es über Berg und Tal schallte:

Es jagt ein Jäger wohlgemut,
Er jagt mit frischem, freiem Mut

Wohl unter grünen Linden.
Er jagt derselben Tierlein viel
Mit seinen schnellen Winden.

Er jagt über Berg' und tiefes Tal:
Und unter Stauden überall
Sein Hörnlein tät er blasen.
Sein Lieb wohl auf den Jäger harrt,
Wohl auf der grünen Straßen.

Er spreit' den Mantel in das Gras,
Bat, daß sie zu ihm niedersaß,
Mit weißem Arm umfangen:
»Gehab' dich wohl, mein' Trösterin,
Nach dir steht mein Verlangen.«

»Uns netzt kein Reif, uns kühlt kein Schnee,
Es brennen noch im grünen Klee
Zwei Röslein auf der Heiden
In Liebesschein, in Sonnenschein,
Nie Zwei soll man nicht scheiden.«

So und anders sangen die zwei Jägersleute und waren ein Herz und eine Seele.

An einem Sommertag waren einmal beide bei der Jagd von einem heftigen Gewitter überrascht worden. Sie nahmen Zuflucht vor den Regenmassen, welche durch die Zweige drangen, unter einer riesigen Tanne. Bald aber begannen ihre Hunde derart vor ihnen zu winseln, zu heulen und zu bellen, daß der Revierjäger meinte: »Da wollen wir fort, die Hunde ahnen was.«

Kaum hatten sie sich wenige Schritte von der Riesentanne entfernt, als ein Blitzstrahl an ihr herabfuhr, sie spaltete und die eine Hälfte zu Boden schleuderte.

»Diesmal,« meinte ruhig der eine Jäger zum andern, »haben uns die Hunde das Leben gerettet.«

Wie sehr übertrifft die Tierseele, weil sie der Natur näher steht, die menschliche Seele an Ahnungsvermögen!

Hab' ihn auch noch gar wohl gekannt, den ruhigen, stillen Förster Bogenschütz, und als Knabe in meines Vaters Auftrag manch' Klafter Holz ersteigert, das er feilbot in den fürstlichen Waldungen um Hasle. –

Viel Sorge, aber auch viel Freude machte dem Teufelsteiner die Flößerei im Heubächle. All die gewaltigen Tannenbäume, welche jährlich geschlagen wurden, mußten auf dem kleinen Wildwasser hinausgeflözt werden in die Kinzig.

Die Waldeigentümer im Talgebiet des Heubachs, die Buren und der Fürst von Fürstenberg, bildeten zu dem Zweck eine »Bachgemeinde«. An ihrer Spitze stund als Unparteiischer der »Bachvogt«, welcher die Floßordnung überwachte, die Floßgebühren einzog und Streitigkeiten zwischen den Floßherren und den Flößern schlichtete.

Bachvogt war jahrzehntelang bis zum Aufhören der Flößerei der Adlerwirt von St. Roman, Matthias Maier, ein behäbiger, klugäugiger Mann, Freund unseres Helden, Vater von 24 lebendigen Kindern und trotzdem allezeit guten Mutes.

Oft saß er draußen im Forsthaus beim Jäger, der nicht gern ins Wirtshaus ging und drum den Wirt zu sich holen ließ, und spielte mit ihm Domino.

Unzählige Flöße haben die zwei auf dem durch gestaute Wasser reißend gemachten, von steil herabfallenden Felsen eingeschlossenen Heubachle hinausbefördert bis zum Hohenstein an der Kinzig.

Die Fahrt ging durch eine Felsenschlucht, die sogenannte »Hölle«, und war stets lebensgefährlich.

Ehe aber ein Floß, sei es ein Burenfloß oder ein fürstliches, abgelassen werden konnte, gab es viele, viele Arbeit.

Im Spätherbst zogen die Burschen, Flößer und Holzmacher, an dem Heubächle hin und suchten dicke Haselstauden am Wasser- und Waldrand. Dann, wenn der Winter eingebrochen war, erschien beim Floßherrn »der Wieder«, d. i. der Mann, welcher die Haselstauden zu Weiden drehte, mit denen die Floßstämme zusammengekoppelt wurden.

Was im mittleren und unteren Kinzigtal zur Winterszeit der Hechler ist, der den Hanf spinngerecht macht, war im oberen, wo kein Hanf wächst, der Wieder. Der heizte den Backofen vor dem Hof, bähte und dämpfte darin die Haselstauden und drehte sie dann an einem Holzpflock zu Wieden, welche, stark wie Draht, die gewaltigen Stämme zusammenhielten in Wogenprall und Felsendruck.

Während der Wieder unten im Tal seine hölzernen Seile flocht, stunden die Holzmacher im Schnee droben in den Wäldern am Teufelstein, bei St. Anton, am Eichberg, im blauen Loch und fällten die stolzen Waldköniginnen, indes der Rauch ihres Feuers, an denen die Holzmacher ihr Essen wärmten, langsam über die Forste hinzog.

Kam dann der Frühling in das Land, war das Eis über dem Heubächle gebrochen und der Schnee im Kirschgrund und im Ochsengrund geschmolzen, dann wurden die geputzten und entasteten Tannenbäume zu Tal »gerieft«, eine ebenso schwierige, als gefährliche Arbeit.

Tannenbäume werden von der Höhe bis hinab ins Tal so gelegt, daß sie einen Kanal bilden. In diesen Kanal werden ihre Kameraden hineingeschoben und sausen dann mit ebenso großer Gewalt als Schnelligkeit zu Tal.

Gar oft springt aber einer von ihnen über die Kollegen, die ihm den Weg weisen sollen, und trifft die Holzhauer, welche in Abständen an der »Riese« hin postiert sind, um die Ausreißer wieder ins richtige Geleise zu bringen.

Sind die Stämme alle drunten auf der Talsohle, so werden sie im Bach zu Flößen gebunden, Gestör an Gestör, bis zu einer Länge von 1500 Fuß.

Jetzt wird das Wasser oberhalb des Floßes gestaut und in einem Weiher gesammelt. Der Bachvogt erscheint und waltet seines Amtes, berechnet die Floßgebühren und hilft den Floß »vermessen«. Der Floßherr, bei fürstlichen Flößen der Mann vom Teufelstein, ist auch zur Stelle.

Jetzt treten die Holzhauer als Flözer[3] in ihr Amt, aber nur die kräftigsten und gewandtesten unter ihnen. Es waren dies im Heuwich in den letzten Jahrzehnten vor dem Aufhören der Flößerei vorab der Pfaffengregori, der Trillensepp, der Schultoni, der Pfaffenbernhard, der Wirtsbasche und mit ihnen als ständiger Passagier – der alte Aeckerbur, Hans Armbruster, der zum Vergnügen die Höllenfahrt mitmachte. Einzelne von ihnen waren Originalmenschen, alle aber Waldleute echtesten Schlags. Beschauen wir sie darum näher.

Der Pfaffengregori, ein mittelgroßer, breitschultriger, starker Mann mit dunklem Haar und breitem Gesicht, von einem Backenbart umrahmt, trägt seinen geistlichen Namen von seiner Geburts-Hütte, die einsam am Heubächle liegt. Vor vielen, vielen Jahren soll; so sagt das Volk, in dem alten Holzhäuschen ein Geisteskranker gewohnt haben, der sich für einen Pfarrer ausgab und predigte, weshalb seine Hütte den Namen bekam und behielt – »das Pfaffenhäusle«.

Der Gregori, bald Knecht, bald Holzhauer, bald Flößer, zeichnete sich von jeher aus durch ungemeine Gefälligkeit gegen jedermann. Er konnte niemanden was abschlagen. Bat ihn einer, einem Dritten eine Tracht Prügel zu geben, so tat er dem einen den Gefallen auf Kosten des andern.

In seinen jungen Jahren war er einmal Knecht beim Teufelsteiner. Dieser beklagte sich eines Tages, daß ihm ein Bauernhund aus der Nachbarschaft einen Hasen verscheucht habe, und räsonierte über die Bestie.

Andern Tags sagt der Gregori zum Jäger: »Der Hund des Nachbars verjagt Euch keinen Hasen mehr.« Auf die Frage, warum? – meint der Gregori trocken: »Ich hab' ihn diesen Morgen an einem Baum aufgehängt.«

Ein andermal möchte ein Bürger von Schilte schönes Spaltholz kaufen, findet aber keines im fürstlichen Wald. Flugs geht der Gregori hin, fällt eine der schönsten Tannen und macht dem Bürger Holz nach Wunsch. Er wird zwar für diese Gefälligkeit, die ihm

---

[3] Der Kinzigtäler sagt der Flözer und der Floz, nicht das Floß, weil ihm alles Gewaltige männlichen Geschlechts ist.

nichts eintrug, eingesperrt, aber er hat seinem Nebenmenschen einen Gefallen getan, und das tröstet ihn.

Anfangs der siebziger Jahre wurden im oberen Kinzigtal Flößer für Ungarn und Siebenbürgen gesucht. Gegen 200 Mann verließen die Heimat und unter ihnen der Pfaffengregori. Viele kamen fern der Heimat in den Wald- und Bergflüssen der Karpathen ums Leben. Die Heimkehrenden bringen ein gut Stück Geld mit. Der Gregori zählt zu ihnen. Er wird aber wieder Flößer im Heubächle, und heute bezieht er als ein Siebziger Alters- und Invalidenrente und wartet bei einem Schwiegersohn im Kaltbrunn auf den Tod.

Des Pfaffengregoris Schwester, die Eichberger Agnes, war auch bekannt in und um den Heubach. Sie wohnte mit ihren alten Eltern nicht mehr im Pfaffenhäusle, sondern auf einer Waldoase nördlich vom Forsthause und galt als erfahren in Hexenkünsten, was sie nicht ungern hörte. Die Leute fürchteten ihre Hexerei und gaben ihr, was sie wollte.

Eines Tages kam ihr Vater zum Teufelsteiner herab und klagte ihm, er habe seinen letzten Gulden verloren, weil die Mäuse ihm nachts den Hosensack durchfressen hätten. Da schenkte ihm der noble Nachbar einen Gulden und eine Mausfalle, damit er die Mäuse fange. »Aber Eichberger,« fügte er schelmisch hinzu, »gebt acht, daß keine Hexe in die Falle kommt.« –

Der Trillensepp, ein kleiner, schlanker Mann mit blondem Haar, schmalem, glattem Gesicht und spitzer Nase, stammt aus dem Trillenbächle, einem Miniaturtälchen unterhalb des Teufelsteins. Der Sepp war vor fünfzig Jahren Bergmann und mutete im Wolftal auf Kupfer. Später ward er Holzhauer und Heubachflößer erster Güte. Auch er war in Siebenbürgen, von wo er einen ordentlichen Durst mitgebracht hat.

Er wartet auf die Altersrente und arbeitet heute noch als Holzhauer bei den Buren. –

Einsam steht zwischen dem Heubach und St. Roman auf waldiger Höhe das ehemalige Schulhaus des Kirchspiels. In ihm ist der

Schultoni geboren, die Blüte der Heubachflößer und wohl aller Kinzigflößer dieses Jahrhunderts.[4]

Der Schultoni, ein starker Mensch mit dunklem Vollbart und blauen Augen, ist Sänger, eine Eigenschaft, die selten ist bei den Flözern. Diesen ernsten, in Gefahren und schwerer Arbeit stehenden Menschen ist es nicht besonders singerig. Sie fluchen lieber, die Flözer, aber singen gehört nicht zu ihrer Liebhaberei.

Eine seltene Ausnahme machte der Schultoni. Er war stets heiter, lustig, sangesfroh und dabei einer der geschicktesten und furchtlosesten Flößer. Sein Wahlspruch lautete: »So ist der Schultoni, immer lustig ist er, immer singen tut er, und wenn der Bettelsack an der Wand verzweifelt, singt er.« Und diesem Wahlspruch ist er allzeit treu geblieben.

Bei der großen Flößerfahrt nach Siebenbürgen brachte er es zum »Paßführer«, d. i. zum Oberkommandanten, und sein Weib, das ihm in der Fremde starb, war die Köchin der Gesellschaft.

Heimgekommen, pachtete er ein Gütle im hintern Heubach und wurde wieder Holzhauer und Flözer. Heute, da die Eisenbahnen das Flößen totgemacht haben, verlädt der Toni noch als Greis die Tannenbäume am Bahnhof in Schilte, auf den die Burgruinen der Schenken von Zelle und der Herzoge von Urslingen und von Teck so malerisch herabschauen.

Die jüngsten der letzten Heubachflößer waren der Pfaffenbernhard und der Wirtsbasche. Sie übten ihren Beruf, nachdem die Flößerei in der Heimat aufgehört hatte, in Bayern aus, wo der Bernhard noch heute ist. Der Basche (Sebastian), ein kreuzbraver Mann und Schwiegersohn des Fürsten vom Teufelstein, dessen Tochter Priska er heimgeführt, amtet jetzt noch in Schilte als Holzhauer.

Die Tage der Poesie und Gefahr sind für die Heubacher Flößer vorüber. Die Alten haben alle einen Bresten geholt beim Flözen, meist gebrochene Beine, aber sie loben die Flözerzeit heute noch und würden sie dem langweiligen Holzverladen auf den Bahnhöfen vorziehen.

---

[4] Das Buch erschien erstmals 1897 und auf diese Zeit beziehen sich auch alle übrigen Angaben.

Flözer nicht aus Beruf, sondern aus Lust an der Gefahr, am Aechzen der Flozwieden, am Gischt des Wassers, der zwischen den Stämmen heraufspritzt – war der alte Aeckerbur, Hans Armbruster, ein kleiner, stämmiger Bur und ein Original, wie es sein soll.

Er stammte von einem reichen Burengeschlecht, das heute noch auf dem Marxenhof im Schappe sitzt, unfern vom Eingang in den Wildschapbach.

Als nachgeborener Sohn mußte er auswärts und machte sein Glück zweimal bei Witwen. Einmal heiratete er die Hinterlassene des Künstlesburen im Schappe, Genofev, und war in seiner Heimat ein tüchtiger und allgemein beliebter Bur.

Nach Jahr und Tag stirbt die Fev; er gibt den Hof seinem Stiefsohn, dem Engelbert, und heiratet die Witwe des Aeckerburen im Heuwich.

Der Aeckerhof, hoch oben gelegen auf waldigen Gehängen, die steil abfallen zum Heubächle, ist einer der größten Waldhöfe im oberen Kinzigtal. Der Johannes wurde ein Bauernfürst; er ließ alljährlich einen eigenen Floz den Bach hinab und begleitete, wie eben erwähnt, alle andern Flöße, die aus dem Heuwich der Kinzig zutrieben, aus Vergnügen an der Fahrt.

Dabei war er aber kein untätiger Passagier, sondern ein fleißiger, gewandter Floßknecht.

Hatte er einen eigenen Floz im Bach und war, wie er es liebte, rasch und tüchtig gearbeitet worden, und lag der Floz am rechten Ort in der Kinzig, so gab der Johannes die reichlichste Zeche. Er selbst war Liebhaber eines guten Schoppens und zahlte gerne andern, aber nie einen besondern Schoppen, sondern alle mußten aus seinem Glas trinken, das er selbst immer und immer wieder, nachdem er zuerst getrunken hatte, kredenzte mit den Worten: »Ung'fähr, i bring dir's.«

Seine besten Freunde waren nicht Buren, sondern tüchtige Holzhauer und Flößer, so der Gottfried, Obmann der fürstlichen Waldleute, und Johannes Dieterle, genannt der Ruxenmann, sein eigener Holzhauer und Schwager.

Der Ruxenmann, der im Ruxengrund unter dem Aeckerhof auf seinem Gütle saß, und der Aeckerbur arbeiteten wie Löwen im Wald und auf dem Floß, aber nach getaner Arbeit tranken sie auch wie Löwen.

Auf dem Aeckerhof lebte ein schwachsinniger Bruder der Bure, der Aeckerbartle geheißen; der tat einst einen schönen Ausspruch über den Ruxenmann und den Aeckerbur.

Zu den Buren jener Gegend kam oft ein St. Romaner Kuh- und Ochsenhändler, genannt der Bärlocher. Bei einem Ochsenpaar sehen Käufer und Verkäufer darauf, daß die Tiere in Größe und Farbe gut zusammenpassen. Daran anknüpfend, redete einst der Aeckerbartle laut vor sich hin: »Der Bärlocher, der Bärlocher isch a g'schickter Ochsehändler, a g'schickter Ochsehändler, aber g'schickter als unser Bur un der Ruxemann hat er's nit zemmebringe könne: 's isch von dene zwei einer so alt, als der ander, 's heißt einer, wie der ander, 's isch einer so schaffig, wie der ander, und 's kann einer suffe wie der ander.«

Also der Aeckerbur war auf allen Flößen, die aus dem Heubach kamen. Begleiten wir ihn einmal.

Vor der Felsenschlucht, die Hölle genannt, tief unter dem Forsthaus, liegt der Floz im Heubächle, noch festgehalten durch eine starke Floßweide. Der Stauweiher im Ochsengrund ist geöffnet, die Wasser rauschen von ferne wie Donnergeroll aus dem »hintern Heuwich« daher.

Die Flößer nehmen ihre Plätze ein, vorn am Steuer, in der Mitte und am letzten G'stör, teils mit Aexten, teils mit langen Stangen bewaffnet. Bekleidet sind sie nur mit Hemd, Kniehose und Strümpfen, die letzteren, um sicherer zu stehen.

Der Teufelsteiner steht hoch oben am Bachrand, gibt mit seinem Hut ein Zeichen und ruft: »Zum Gebet!« Die Flößer knieen nieder auf die toten Tannen und beten ein Vaterunser um glückliche Fahrt durch die Hölle.

In neuerer Zeit ist es Mode geworden bei solchen und ähnlichen Anlässen, statt zu beten, ein Hurra auf den Kaiser auszubringen! –

Das Gebet ist zu Ende. Der vom Teufelstein winkt abermals; es gilt dem Gottfried, dem Obmann, der mit der Axt an der Weide steht, die mit Kettengewalt den Floz noch festhält. Der Gottfried haut nun mit scharfem Hieb die Weide durch; das Wasser ist indes dahergerauscht, ergreift mit Macht den Floz, die Weiden ächzen, die Stämme, an die Felsen gedrückt, knirschen, das Wasser zischt zwischen ihnen herauf, und fort geht's mit elementarer Gewalt durch die Felsenschlucht der Hölle. Der Aeckerbur jauchzt. Floz und Flözer verschwinden den Augen des Bachvogts, des Teufelsteiners und des Gottfried. Es ist eine Todesfahrt.

Nach einigen Minuten jauchzt von unten her der Aeckerbur wieder. Die Hölle ist passiert, nur der Hut, der dem Johannes im Höllengrund vom Kopf geflogen, ist verschwunden.

Im hellen Sonnenschein, der nicht in die Hölle dringt, steuern sie jetzt ihre Tannen am Ruxenwald und an der Jehlehalde hin, bis sie nach dreiviertelstündiger Fahrt in die Kinzig einlaufen und »im Leubacher Waag« unter dem Hohenstein ihr Floß verankern.

Das Heubächle ist so steil, daß es unmöglich ist, die Flöße, einmal losgelassen, durch Sperren zu verlangsamen. So kam es, daß sie manchmal schneller gingen, als das Schwellwasser, welches sie treiben sollte.

Um nun nicht mit dem Floß vor das Wasser zu kommen, mußte dasselbe mehreremal während der kurzen Fahrt »gefangen« werden. Das war das Geschäft der Flößer in der Mitte, die deshalb Fänger hießen.

Auf dem vierten G'stör von vornen war ein starkes Floßseil befestigt. Kam nun der Floz vor das Wasser, was sehr gerne bei »trockenem Bach« geschah, so mußten die Fänger mit dem losen Ende des Seiles an das Land springen, dasselbe um einen Baum schlingen und den Floz festhalten, bis das Wasser wieder nachkam.

Jetzt galt es, das Seil rasch loszumachen und ebenso rasch auf das Floß zurück zu springen, was eine Kunst war.

Um während der Fahrt bessere Uebersicht über das ganze Floß zu haben und besonders um das rechtzeitige Ablassen des gefangenen Floßes anzuordnen, mußte ein kundiger Flözer während der ganzen

Fahrt auf dem Lande nebenher springen, und dies war ein Dauerlauf erster Güte.

Nach der Festlegung des Floßes in der Kinzig ging's hinauf nach dem Städtchen Schille, wo »im Engel« die Flözerzeche gehalten wurde. Sie hatte zu bestehen aus: Nudelsuppe, Rindfleisch mit Meerrettig und Rahnen (Rotrüben), Schinken und Schweinebraten mit Sauerkraut, Saueressen und Küchle, eingemachtem Kalbfleisch mit Gugelhopf, Kalbsbraten und Salat.

Ernst, wie an einem Totenmahle, saßen sie da, die Mannen, die eben aus der Hölle kamen und dessen noch bewußt waren. Kein Lied ertönte, selbst der Schultoni sang bei diesen Zechen nicht. Es rauschten nur die Gabeln und Messer, und es ertönte nur immer und immer wieder der Ruf des Aeckerburs: »Ung'fähr, i bring dir's!«

Spät am Abend, die Aexte auf den Schultern, wanderten weinfröhliche Leute im Frühlingswehen den Heuwich hinauf. Der Schultoni sang:

> Kein' bess're Lust in dieser Zeit,
> Als durch den Wald zu dringen,
> Wo Drossel singt und Habicht schreit.
> Wo Hirsch und Rehe springen.
>
> O saß mein Lieb im Wipfel grün.
> Tat wie 'ne Drossel schlagen!
> O sprang' es wie ein Reh dahin,
> Daß ich es könnte jagen!

Droben »im Auerhahn« ward »das letzte G'stör gehalten, und bis nach Mitternacht erging der Schlachtruf des Aeckerburs: »Ung'fähr, i bring dir's!« Dann erhob sich das weinfeuchte, nasse Flößergespann. Die Flößer wankten ihren Hütten, der Johannes aber durch steile Waldwege bergan seinem Hof zu. Es wollte manchmal schon Tag werden, wenn er heimkam von einer Pläsierfahrt durch die Hölle.

Der Aeckerbur und sein Freund, der Ruxenmann, sind seit Jahrzehnten unter den Toten: tot ist auch die Höllenfahrt auf dem Heubächle. Seine Wasser fallen melancholisch zu Tal, und an den alten Erlen flüstert es leise. Die Wellen und die Erlenzweige erzählen sich von den vergangenen Zeiten, da die Wasser rauschten und da mächtige Tannenleichen daherfuhren, zu Grab getragen von todesmutigen Männern.

Und die Flößer von ehedem, der Schultoni, der Trillensepp und der Wirtsbasche, sitzen heute traurig auf den Holzladeplätzen im Tal draußen und verzehren, auf einen Tannenbaum gekauert, ihr kärgliches Mahl ohne Wein und gedenken mit Wehmut der stolzen Flözerzeiten und des ewigen Mahnrufes vom Aeckerbur: »Ung'fähr, i bring dir's!«

Warum dieses Trauern an den Erlen im Heubach, und woher die Wehmut der alten Flößer? Die Lokomotive pfiff ins waldige Kinzigtal hinein, sie rief eine Straße wach im Tälchen des Heubachs, und die Flößer sind verschwunden. Die Göttin Poesie verhüllte ihr Antlitz. Die Kultur hielt ihren Einzug, und alles ist kalt und öde geworden.

4.

Flößerzechen machte der vom Teufelstein nie mit, Einmal waren sie ihm zu weit weg vom Walde, den er nie gern verließ, und dann war er im Essen und Trinken äußerst mäßig und hätte in die Flößergesellschaft nicht gut gepaßt. Er begnügte sich, die Pfeife im Mund, ihnen, wenn sie aus der Hölle gefahren, ein Glückauf zuzuwinken, und dann schritt er den Wald hinauf seinem Forsthause zu. Seine Freude war's, die Höllenfahrt kommandiert zu haben. Selten ging er hinüber zum Bachvogt nach St. Roman, noch seltener hinab in den Heuwich zum Auerhahn. Wo er gerne einkehrte, wenn seine Waldgänge ihn dahin führten, das war in Wittichen, seiner Vaterstadt. Dort trank er, aus den Wäldern herankommend, am Abend gerne sein Bier entweder in der Schaffnei oder in der später entstandenen »Schmutzküche«, einem Bierhäuschen außerhalb des Klostertores.

Hier saß er bisweilen beim Spiel bis tief in die Nacht hinein, und bei ihm seine zwei Leibjäger, des Roßburen Isidor und der Schreinerlorenz.

Der Teufelsteiner hatte das Jagdrecht in allen fürstlichen Waldungen ringsum, und die Genannten waren seine Gastschützen. Sie hatten vom Jagdherrn das Privilegium, zu jeder Zeit nach Belieben jagen zu dürfen, sollten ihm aber die Beute abliefern. Das letztere vergaßen sie sehr oft, was er ihnen jedoch nie übel nahm.

Wenn er dann selbst jagte, mußten sie ihm als Treiber dienen.

Beide waren arme Teufel, der Isidor ein Holzhauer und der Lorenz Besitzer eines kleinen Gütchens und später Maulwurffänger.

So oft der Oberjäger ein Schwein schlachtete, lud er seine Unterjäger zur Metzelsuppe ein, ebenso seine Holzhauer und Flößer. Denn wenn und so lange der Teufelsteiner etwas Gutes hatte, mußten seine Untergebenen auch davon haben.

Zur Metzelsuppe spielte er ihnen dann auf der Drehorgel die Tafelmusik.

Einst ließ er seinen zwei Jagdkollegen sagen, sie sollten zur Metzelsuppe kommen und könnten dann, da seine Schweineställe jetzt leer seien, auch bei ihm übernachten, da er im Hause seiner sieben Kinder halber keinen Platz hatte.

Am Nachmittag trabten sie an, jeder ein Bündel Stroh auf dem Rücken. Als der Teufelsteiner sie fragte, was sie da hätten, meinten sie: Unser Bett, wenn wir im Stall übernachten sollen.

So verstanden diese Waldleute Humor mit Humor heimzuzahlen.

Kam er bisweilen lange nicht heim von Wittichen, der Teufelsteiner, und seine Heli wollte ihm eine Predigt halten, so spekulierte er auf die Leichtgläubigkeit seines braven Weibes. Er entschuldigte sich mit allerlei Gespenstern, die ihm unterwegs begegnet seien. Einmal war das Gespenst ein Lichtlein, das ihn begleitet und irregeführt hatte, ein andermal war eine Herde geheimnisvoller Schweine ihm in den Weg gelaufen, oder die Felsen hatten sich in Jungfrauen verwandelt oder Haselstauden, die er früher nie gesehen, ihm mitten im Weg das Gehen erschwert.

Düster genug war sein Heimweg, und darum konnte einem allerlei passieren.

Das Tälchen des Böckelsbachs hinauf führt der Weg in Wald und bleibt 1 ½ Stunden lang bergauf, bergab im Tannengrün. Durch das »Rabinerloch« führt er zunächst zum »Schlößle«, wo einst der Ritter hauste, der einen Rabiner im Wald getötet. Vom Schlößle geht's zur Bergwand, Meiers Helge[5] genannt, wo an einer Tanne ein Bild der Dreifaltigkeit hängt, von da steil hinab ins Tal des Heubachs – und von dem wieder durch den Wald hinauf zum Forsthaus.

Und doch hätte der Teufelsteiner mehr denn einmal jede Wette eingegangen, mit verbundenen Augen den Weg von Wittichen nach seinem Heim zu machen. Es wettete aber niemand mit ihm, weil man es für unmöglich hielt.

In Wittichen war es auch, wo sie in den siebziger Jahren einmal ein unehelich Kind von den Bergen herabbrachten, dem niemand Pate sein wollte. Da saß in der Schmutzküche der Teufelsteiner, und den sprach der Pfarrer um die Patenstelle an. Er sagte zu, wollte aber nicht in dem alten Waldkittel, den er eben anhatte, der heiligen

---

[5] Helge bedeutet Heiliger, Heiligenbild.

Handlung beiwohnen; darum zog er einen langen, schwarzen Rock des Pfarrers an und hob das Kind über die Taufe.

Der Täufling, eine »Sie«, lebt heute im Waldstein bei Hasle, und als 1893 die Kunde kam, der Pate am Teufelstein sei gestorben, machte sie den weiten Weg nach St. Roman und ging ihm aus Dankbarkeit »mit der Leich'«. –

Im Witticher Tal wohnte in jenen Tagen auch einsam am Weg ein durstiger Schuhmacher, und der hätte den Förster manchmal gerne begleitet, wenn dieser zur Sommerszeit aus dem Wald an seiner Hütte vorbeikam und vor der Heimkehr in Wittichen noch sein Bier trinken wollte.

Aber wenn des Schusters Weib daheim war, ging es nicht, und wenn dieses draußen an der Berghalde gegen das Kloster hin Kartoffeln hackte, ging es auch nicht, weil sie unten den Weg passieren mußten, über dem das Weib an der Halde stund.

Für den letzteren Fall wußte der Teufelsteiner Rat. Er riet dem Meister Knieriem, die Kleider seines Weibes anzuziehen und als »Wible« mit ihm gen Wittichen zu wandern. Ein Weibsbild sei um Wittichen 'rum gekleidet wie das andere, und niemand werde von der Halde herunter in den Weiberröcken den Schuhmacher vermuten, selbst sein eigenes Weib nicht.

Es geschah, und der Schuster kam zu seinem Bier, bis es die Schusterin wunder nahm, was für ein Weiblein so oft mit dem Förster unten vorbeiwandle und dann wieder allein zurückkehre. Sie ging deshalb eines Tages beiden nach bis in die Schmutzküche und erkannte dann in dem Häs der Schusterin ihren eigenen Schuster.

Dieser, ein kleiner Mann, lustig und lebensfroh, kam bald darauf elendiglich ums Leben. Er hatte mit seiner Ehehälfte an einem Sonntag einen Ausflug gemacht hinab ins Städtle Schiltach. Hier trank er beim »Jaköbele« einige Schöpple und machte sich dann munter und fidel Schenkenzell und der Heimat zu.

Hinter dem Dorf Schenkenzell fließt aus dem Eselsgrund ein kleines Wasser in den Talbach. Seine Mündung heißt das Eselswehr. In dieses fiel das lustig tanzende Schuhmächerle. Sein Weib sprang ihm nach, konnte ihn aber nicht herausfischen; sie hielt ihm den Kopf über Wasser und schrie aus Leibeskräften um Hilfe.

Es kamen Leute; die retteten das Schusterspaar aus dem Esels-wehr, legten aber den Bewußtlosen in den nassen Kleidern beim Eselsschreiner in eine kalte Kammer. Am Morgen war der lustige Schuhmacher ein toter Mann. Der Fürst vom Teufelstein aber erwies ihm die letzte Ehre. –

Dieser kam nie aus seinem Waldrevier, außer wenn er amtlich nach Wolfe mußte. Es gefiel ihm eben auch nirgends, als in seinem Walde. Nie ging er deshalb auch nur nach Hasle zu seinem Bruder, dem Wagner Fürst, meinem Nachbar, der mir, dem Knaben, oft vom Förster im Heubach sprach. Ja nicht einmal hinab nach dem nahen Schilte oder hinauf nach Alpirsbach zog er zu einem der vielen Jahrmärkte.

Eine Ausnahme machte er bisweilen an des Großherzogs Ge-burtstag, 9. September; da ritt er in Gala und mit dem Hirschfänger hinab nach Wolfe, wobei einmal beim Heimritt sein Rößlein so üp-pig wurde, daß es mit seinem Reiter in den Brunnentrog des Stadt-brunnens setzte.

Sein Waldfreund, der Forstverwalter Bogenschütz, dessen Frau von Offenburg war, drang, als die Eisenbahn im Jahr 1866 bis Hausach ging, in den Teufelsteiner, mit ihm nach Offenburg zu fahren, um die Eisenbahn und auch einmal eine größere Stadt zu sehen.

Ungern gab der Waldmann endlich nach und stellte sich am be-stimmten Tage im grünen Rock mit Pfeife und Hirschfänger in Wol-fe ein. Mit dem Omnibus ging's bis Hufen und von dort mit der Bahn talab. Je weiter sich diese aber von den Bergen und Wäldern des oberen Kinzigtals entfernte, um so kleinlauter und melancholi-scher wurde unser Beiförster.

In Offenburg angekommen, verabschiedete er sich alsbald von seinem Freunde unter dem Vorwand, ein wenig in der Stadt sich umzusehen. Kaum war er aber dem Forstverwalter aus den Augen, so eilte er dem Bahnhof zu und fragte nach dem Abgang des nächs-ten Zuges ins Kinzigtal.

Die Zeit bis zur Abfahrt benützte er, um seinem Freund Bogen-schütz folgenden Brief zu schreiben, den er ihm per Eilboten in die

Brauerei Schuhmacher zuschickte, wo dieser, als dem Geburtshaus seiner Frau, logierte:

»Lieber Herr Forstverwalter! Verzeihen Sie mir, daß ich Sie itzt schon wieder verlassen habe; ich halte, es aber vor Heimweh nach meinem Walde nicht mehr aus. Seien Sie für mich außer Sorgen, denn ich bin mit dem nächsten Zuge wieder heimgereist und will diese Nacht noch am Teufelstein sein.« –

So ungern der brave Mann in die Welt ging, ebenso begierig war er auf das, was in derselben vorging. Er hielt darum, als seine Kinder größer geworden waren, und ihr Brot teilweise selbst verdienen konnten, stets einige Zeitungen. Es waren dies abwechselnd die Berliner Morgenzeitung, die Konstanzer Zeitung, der Schwarzwälder Bote, die Badische Presse, das Mannheimer Journal, der Anzeiger für Stadt und Land, das Donaueschinger Wochenblatt, der Kinzigtäler, der Vetter aus Schwaben und das landwirtschaftliche Wochenblatt.

Auch ein großer Liebhaber von Lotterielosen war er, gewann aber nur einmal – zwölf Paar Kinderstrümpfe. Trotzdem nahm er alljährlich zehn Lose der Donaueschinger Pferdelotterie und schrieb dann jedesmal dem Verkäufer derselben, er möge die gewonnenen Pferde in Empfang nehmen und ihm alsbald übersenden.

Seine ganze, aber ungestillte Sehnsucht war ein schönes, kostbares Pferd. Er mußte sich stets mit den allerbilligsten begnügen und kaufte in der Regel die elendesten Klepper. Sie waren bei ihm aber so geschont und so gut gepflegt, daß sie fett wurden.

Hatte er dann eines gemästet, so erschien im Schwarzwälder Boten oder im Kinzigtäler die folgende Notiz: »Ein schönes Pferd, zwölf Zentner schwer, zum Wursten geeignet, zum Reiten gut, zum Fahren ausgezeichnet, hat zu verkaufen oder gegen einen alten, mageren Klepper mit guten Knochen zu verhandeln – der fürstlich fürstenbergische Förster Fürst am Teufelstein.«

Aehnlich hieß es ein andermal: »Einen himmelblauen Wagen und eine hartfette Kuh hat abzugeben der Fürst vom Teufelstein.«

Pferde- und Kuhhandel war eine Lieblingsbeschäftigung des alten Jägers, und die Metzger von Wolfe und Schilte, die Juden von Schmieheim und der Viehhändler Bärlocher von St. Roman waren gern gesehene Leute im Forsthaus. Doch als der letztere ihm einmal für gutes Geld eine Kuh verkaufte, die nichts taugte, ließ er alsbald im Kinzigtäler also sich vernehmen: »Wenn jemand eine teuere Kuh kaufen will, die nicht trägt, keine Milch gibt und sonst nichts ist, der soll sich vertrauensvoll an den Bärlocher wenden. Fürst vom Teufelstein.«

Der Bärlocher war auch ein Original. Er war ein nachgeborener Sohn des Klausenburs von St. Roman und hatte »im Bärloch« ein Gütchen, daher sein Name.

Sonst hieß er Klaus Dieterle und war der schlauste christliche Viehhändler im oberen Kinzigtal. Mit seinen Konkurrenten, den Juden, teilte er auch die Sparsamkeit und Genügsamkeit. Mit einigen gekochten Kartoffeln in der Tasche zog er über Berg und Tal.

Ein großer, schlanker, magerer Mann mit schmalem, bartlosem Gesicht und spitziger, gebogener Nase kam er auf alle Höfe im Obertal und war trotz seiner Schlauheit bei allen Buren beliebt, weil er stets bar bezahlte. Beim Fürsten am Teufelstein galt er viel, obwohl er ihm beim Handel manchen Streich spielte.

Er lebt heute noch, der Bärlocher, ein Achtziger, auf seinem einsamen Gütchen. –

Bei seinem Handel mit Pferden oder Kühen hatte der Teufelsteiner selten besonderes Glück, weil er eine zu offene und zu ehrliche Natur war und unter den Viehhändlern bekanntlich die geriebensten Kunden sich finden.

Schlauer war sein Freund, der Bachvogt und Adlerwirt von St. Roman. Der bot eines Tages einem Juden ein Paar Stiere billig an mit der Bedingung, daß derselbe jedem Kind des Verkäufers einen Kronentaler zu geben habe.

Der Israelite schlug ein, erschrak aber nicht wenig, als ihm der Bachvogt 24 Kinder als die seinen präsentierte. –

Beliebt im Forsthaus am Teufelstein waren auch alle Pfarrer von St. Roman, deren keine kleine Zahl in dem einsamen Bergkirchlein funktionierte in den 52 Jahren, da unser Förster in der Nähe hauste.

In St. Roman bleiben in der Regel die geistlichen Herren nur so lange, als sie müssen. Es ist den meisten zu einsam und zu weltfern.

Jeder war darum froh, in der Nähe am Fürst vom Teufelstein einen braven, heitern Mann zu haben, den man in einsamen Stunden aufsuchte, und der allerlei zu erzählen wußte und nebenbei Waldhorn blies und die Drehorgel spielte.

Mein Rastatter Studienfreund, Christian Walk, jetzt längst Privatgeistlicher und Bankier, war einst einige Jahre in St. Roman. Fast täglich besuchte er den Förster. An Samstagen trug er ihm seine Predigt vor, die er am Sonntag halten wollte. Am Sonntag Abend brachte der Christian bisweilen seine Staatspapiere mit und breitete sie vor den Augen des armen Mannes auf Tisch und Bett aus, und an Werktagen begleitete er diesen in den Wald und zeigte bei den Holzmachern, mit der Axt hantierend, seine Kraft.

Heute noch erzählen die Leute von Christians Staatspapieren und von seinen Axthieben im Walde.

Im Herbst 1896 traf ich den Christian nach Jahren wieder einmal auf der Straße zu Freiburg und erinnerte ihn an den Fürst vom Teufelstein. Obwohl stets ernst und in Gedanken an das Steigen und Fallen der Papiere, fing der Christian an zu strahlen und den Teufelsteiner zu loben ob seiner Biederkeit und Offenheit und ob der vielen Stunden, die er dem vom Mammon geplagten Christian versüßt habe. Er erzählte: »Als ich ihn das erstemal, ehe ich ihn kannte, in der Kirche sah, den Teufelsteiner, in seiner grünen Uniform, seinen hellen Augen, seiner gebogenen Nase und dem grauen Schnurrbart, da glaubte ich, ein vornehmer Edelmann möchte wohl in der Nähe wohnen und zur Kirche gekommen sein.«

Gerne neckte der Förster seine geistlichen Freunde mit ihrem kleinen, dunkeln Kirchlein, in dem er nicht so gut beten könne, wie in seinem Waldrevier »zum blauen Loch«. Dort ständen die Tannen wie die Säulen des Himmels, und wenn er an ihnen hinaufschaue, so werde er gottesfürchtiger, als wenn er eine Predigt von ihnen höre.

Auch meinte er oft zu den Pfarrherren, er brauche nicht so viel zu beten, sein Wible bete dafür um so mehr.

Und in der Tat war die Heli vom Holzwald ein wahres Muster einer frommen, gottesfürchtigen Hausfrau und Mutter und dabei immer lustig und heiter in Ehren. Sie war allzeit fröhlich mit den Fröhlichen und traurig mit den Trauernden.

Sie gebar dreizehn Kinder und zog zwölfe davon groß. Den Armen gab sie, so lange sie selbst hatte; die Kranken in den abgelegenen Hütten besuchte sie, und den Sterbenden stund sie in ihrem letzten Kampfe bei mit lautem Gebet.

Aber sie konnte auch lustig sein und bei Hochzeiten tanzen wie eine junge. Ihr Haupttänzer war Johannes, der Aeckerbur und Pläsierflözer aus dem Heubach. –

In der Erziehung der Kindes war der Mann am Teufelstein ebenso originell, als streng und praktisch. Die Ueberwachung der kleinen Herde hatte tagsüber die Mutter, da der Vater stets und bei jedem Wetter im Wald und über Mittag nur kurze Zeit daheim war. Aber jeden Abend mußte ihm sein Wible Bericht erstatten über das Verhalten der Buben und Meidle den Tag über.

Er hatte ein eigenes Büchlein, in welches täglich das Betragen der Kinder verzeichnet wurde. Wer brav war, bekam am Abend einen Tupfen (Punkt) hinter seinen Namen, wer unartig, einen Strich.

Für jeden Punkt vergütete der Vater am Ende des Monats einen Kreuzer und tat die Summe in eine Sparkasse. Für den Strich wurde die Strafe gleich ausgesprochen: Der Delinquent mußte alsbald ins Bett und durfte nicht zum Vater »zu Licht gehen«.

Wenn er nämlich heimgekommen war, so begab er sich nach dem Nachtessen in seine Schreibstube und machte seine schriftlichen Arbeiten. Da durften dann die bräveren Kinder den lieben Vater besuchen und noch einige Zeit vor dem Zubettegehen bei ihm bleiben. Alle empfanden es als eine harte Strafe, wenn dem einen oder dem andern dieses Vergnügen entzogen wurde.

Strengere Strafen bestanden darin, daß das Kind am andern Morgen auf die Stiege oder unter den Tisch sitzen mußte, bis der Vater aus dem Walde heimkam.

Wie sehr die Kinder das Notenbüchle des Vaters fürchteten, geht aus folgenden tapfern Worten eines seiner Knaben hervor. Dieser hatte drunten im Tale bei der Heubachmühle seinen Fuß gebrochen.

Der Arzt von Schiltach wurde in die Mühle geholt, den Buben einzuschindeln. Während der Operation weinte und jammerte der Knabe, weil er jetzt vom Vater einen Strich bekomme. Dieser Strich tat ihm weher, als der gebrochene Fuß.

Auch die Mutter war strenge und schlug, wenn der Vater nicht da war und sie sich des Mutwillens der Kinder nicht mehr erwehren konnte, tüchtig zu.

Und doch hingen die Kinder alle mit großer Liebe an ihren Eltern, besonders an der Mutter. Die Tochter Kreszenz schreibt mir noch in ihren alten Tagen: »Wenn ich in der Schule war, hatte ich als so lange Zeit (Sehnsucht) nach der Mutter, daß ich es manchmal nicht erwarten konnte, bis ich sie wieder sah.«

Die Kinder hatten nur zwanzig Minuten in die Schule von St. Roman und doch Heimweh, wenn sie dort waren. Sobald sie aber aus der Schule heimkamen, mußten sie der Mutter helfen in Haus und Feld. An Wintertagen lehrte diese die Mädchen zeitig das Blumenmachen, eine Kunst, die sie selbst zu Wittichen von der letzten Klosterfrau erlernt hatte und die den Mädchen bald manchen Pfennig eintrug.

Sie machten die Sträuße für die Hochzeiten ringsum, denn es ist im ganzen Kinzigtal Sitte, daß nicht bloß die Hochzeitsleute, sondern auch die Gäste mit künstlichen Sträußen geziert werden.

So herrschte im Forsthaus auf dem Abrahamsbühl Ordnung, Disziplin, Friede und Liebe, und der Fürst am Teufelstein hat es keine Stunde bereut, die arme Heli vom Holzwald als Lebensgefährtin genommen zu haben. –

Aber auch in seinem Dienste war der Teufelsteiner der Liebling seiner Vorgesetzten und seiner Untergebenen und der Berater der Buren.

Manchen Bur, der in schlechten Zeiten zum Förster kam, um ihm seinen Hof für die fürstliche Standesherrschaft anzubieten, hat er vom Verkauf abgehalten.

»Der Fürst von Fürstenberg hat zu leben, wenn er euren Hof auch nicht hat; aber ihr werdet arme Teufel und verkauft euren Kindern das Brot aus der Tischlade,« so sagte er ihnen. Dann ging er mit den

Buren in ihre Wälder, taxierte ihnen dieselben und schickte die Leute zum großen Holzhändler Trick nach Alpirsbach, der ihnen daraufhin Geld gab oder Kredit eröffnete.

Es sind heute noch stolze Höfe im ehemaligen Revier des Teufelsteiners in den Händen der Nachkommen jener Buren, deren Söhne jetzt zu den vermöglichsten Leuten zählen: sie wissen aber kaum, daß sie ihren Besitz dem armen Beiförster im Heubach zu verdanken haben.

Seinen Holzmachern und Flößern war er ein väterlicher Freund. Wenn einer oder der andere ein Stück Holz aus dem Wald wünschte, um sich einen Schlitten oder einen Karren zu machen, da vertröstete er sie auf das Kommen des Forstverwalters. Kam dann sein Freund Bogenschütz, so führte er ihn in den Wald, wo die Leute an der Arbeit waren, trug ihm die Bitte derselben vor und schloß mit den Worten: »Geben Sie, Herr Forstverwalter, den Holzmachern die Stämmchen, denn sie holen sie doch, wenn Sie nein sagen!«

Hauptsächlich viel hielt der Teufelsteiner auf gute Waldwege. Fand er in einem Weg herabgerollte Steine oder Felsstücke, die der Wegwart übersehen, so gab er dem Mann am hellen Tag eine Laterne in die Hand und sprach: »Geh' hinüber auf die Bockseck' und zünd um, 's liegt was im Weg!«

In seiner Saatschule, die unweit vom Forsthaus lag, traf er eine eigene Einrichtung, wenn in derselben frisch ausgesät war und die Vögel des Waldes kamen, um den Fichten- und Tannensamen zu verspeisen.

Er baute eine Hütte in die Saatschule und setzte ein altes, armes Wibervolk in dieselbe. Dieses mußte an einer Glocke ziehen, wenn Vögel einfielen, und sie so verscheuchen. Es hieß Kätteile und bekam von diesem Amt seinen Taglohn und den Namen »das Hüttenkätterle«.

Von seiner Wohnung aus konnte der Förster mit einem Perspektiv in die Hütte sehen, in der das Kätterle saß und strickte, bis Vögel kamen: dann hatte es zu läuten. Aber manchmal sollte es für seine Geißen Futter holen und entfernte sich von seinem Posten. Wenn der Mann mit dem Perspektiv dies bemerkte, ging er hinunter und entfernte die Glocke; hierauf versteckte er sich und wartete den

Schrecken des Weibleins ab, da es, zurückgekehrt, läuten wollte und die Glocke fort war.

»Kätterle,« sprach er dann, aus seinem Versteck hervortretend, »ein Kreuzvogel hat dir die Glocke gestohlen, als er sah, daß du fortgingst. Sie war aber zu schwer, und der Vogel hat sie wieder fallen lassen, und ich hab' sie im Wald gefunden. Also bleib' auf deinem Posten, Kätterle, sonst gibt der Fürst von Fürstenberg das Geld umsonst aus.«

Oft hatte er auch selbst Taglöhner im Dienst für seine Felder und die eigene Landwirtschaft. Wann gab er das Zeichen zum Mittagessen und zum Feierabend vom Forsthaus aus entweder mit einem weißen Tischtuch oder mit einem Signal aus seinem Waldhorn.

Wenn sie daraufhin zum Essen kamen, so war der Tisch mit Lasten von Speisen bedeckt, und er sprach den Leuten zu: »Eßt, sonst bricht der Tisch, mein Wible hat ihn überladen.« Dann machte er mit der Drehorgel die Tafelmusik.

So wußte der brave Mann mit seinem Humor rings um sich Freude zu bereiten, und alles diente ihm gern und alles hatte ihn gern.

Je mehr aber seine äußeren Verhältnisse sich besserten, um so mehr ließ er seinem originellen Wesen den Lauf.

5.

Nachdem der Mann am Teufelstein dreißig Jahre treu und redlich gedient hatte in strengem Waldesdienst, war sein Gehalt auf 1600 Mark gestiegen. Zu gleicher Zeit waren seine Kinder groß geworden und konnten ihr Brot selber verdienen, wenn auch meist ein hartes Brot.

Er hatte einen, den Otto, in das Seminar zu Ettlingen gebracht und zum Lehrer ausbilden lassen. Kaum Lehrer geworden, wird er Soldat, kommt eines Tages in Urlaub und stirbt bei den Eltern.

Die andern Buben alle mußten zum Handwerk herabsteigen, und die Jäger-Ahnen-Reihe schloß mit dem Vater. Der Oswald wurde Buchbinder und zog frühzeitig nach Amerika. Der Pius ward ein Schlosser und ging auch übers Wasser. Der Karl wurde nacheinander Wagner, Bierbrauer, Zimmermann, Metzger und schließlich Kaufmann; als solcher betrieb er einen Kramladen in Schapbach und starb in jungen Jahren. Der August ging zur Schusterei über, wanderte jahrelang als solcher in der Schweiz, heiratete nach Oberwolfe und schusterte, bis ein Bruder seines Weibes ihm schrieb, er solle nach Brasilien kommen. Dort lebt er heute als Plantagenbesitzer und baut Kaffee.

Der Wilhelm nahm seine Zuflucht ebenfalls zum Schusterstuhl, schusterte als Meister bei den Eltern, bis er das Tannengrund-Kätterle heiratete und in Scheukenzell sich niederließ, wo er jung starb.

Der Leonhard griff zum Kochlöffel und wurde Koch im Bad Rippoldsau, dann Hofkoch in Donaueschingen, Soldat und Restaurateur. Als solcher verkracht, diente er seinem Vater als Hausknecht, bis sein Bruder August ihn nach Brasilien rief, wo er heute Plantagen- und Herdenbesitzer sein soll und nebenher Jäger und Fischer.

Fast alle Buben des Teufelsteiners waren Soldaten, ehe sie die Heimat oder das Leben verließen.

Und die Meidle? Sie waren, wie die Buben, heiter, lustig und lebensfroh und sind es geblieben. Die Stefanie, die älteste, blieb als

Stütze der Mutter daheim, bis sie in den Heuwich hinabkam als Wirtin zum Auerhahn, wo wir sie aufsuchen werden.

Die Priska ward Köchin und diente als solche bald oben, bald unten im Lande, bis sie den wackeren Flößer, den Wirtsbasche, heiratete und jetzt in Schilte bei ihm gute Tage verlebt.

Die Priska ist, wie mir scheint, die lustigste. Von ihrer heiteren Laune nur ein Beispiel: Als einmal die Brüder zur Weihnachtszeit alle aus der Fremde daheim waren, um die Eltern zu besuchen, und auch die Schwestern beisammen, da gingen sie am Abend hinab in den Auerhahn zur Stefanie und ergötzten sich mit Singen und Tanzen. Die Priska fehlte. Sie komme, so hieß es, wenn Vater und Mutter zu Bett gegangen wären.

Während die Fürstenkinder sich so vergnügten, kam ein Handwerksbursche ins einsame Wirtshaus und bat um ein Nachtquartier. Die Wirtin verlangt ihm, wie üblich, damit er nicht durchbrenne am Morgen, das Wanderbuch ab, ohne hineinzusehen.

Sie und ihr Stiefsohn begleiten den Fremdling mit einer Laterne in seine Kammer, wo er wegen der großen Kälte noch ein doppeltes Deckbett bekommt und ihm die Laterne als Nachtlicht zurückgelassen wird.

Am andern Morgen ist der Handwerksbursche fort und sein Bett unberührt. Es war die Priska gewesen, die mit dem Wanderbuch eines ihrer Brüder so trefflich den Handwerksburschen gespielt hatte. –

Die Kreszenz und die Helena waren Zwillinge und wurden beide Köchinnen. Die erstere wurde eine Märthrin. Treu und redlich diente sie viele Jahre beim Chef des Hauses Benziger, Adelrich, in Einsiedeln. Schwer krank geworden, unterzog sie sich einer Operation in Zürich und kam siech und elend heim. Kaum hat sie sich erholt, so zieht sie zu ihren Brüdern nach Brasilien, wo sie halbtot ankommt, aber das Klima nicht ertragen kann. Sie muß zurück nach Europa und liegt krank und bewußtlos auf dem Schiff bis Hamburg, hier wird sie dem Leben zurückgegeben, und eines Tages kehrt sie, an einem Stocke schwankend, heim ins Forsthaus auf dem Abrahamsbühl, wo die Mutter indes gestorben war. In rührender Art hat sie mir selbst ihre Reise beschrieben.

Die Helene war die Amazone unter den Mädchen des Teufelsteiners. Schon als Kind ging sie oft verbotener Weise als Bub verkleidet in die Schule. Kaum erwachsen, machte sie den Fuhr- und Pferdeknecht des Hauses und zeichnete sich aus im Führen der größten Holz- und Steinlasten. Sie war eine kühne Reiterin, und wenn der Fürst von Fürstenberg, wovon wir gleich erzählen, auf die Jagd ins Forsthaus kam, war ihr größtes Vergnügen, eines seiner Reitpferde zu besteigen und einen Ritt über Stock und Stein zu tun.

So ward sie des alten Jägers Liebling, der ihr auch die Leidenschaft zum Rauchen, als von ihm ererbt, nachsah.

Köchin geworden, um ihr Brot zu gewinnen, rauchte sie jeden Abend, wenn sie dienstfrei war, auf ihrer Stube, oft die ganze Nacht hindurch. Im »Freiburger Hof« zu Freiburg und im Renchtalbad Freiersbach kochte und rauchte sie, bis sie krank heimkehrte und ihr junges Leben bei ihren Eltern aushauchte. –

Als die Kinder sich so selbst ernähren konnten und sein Gehalt gewachsen war, durfte der Mann am Teufelstein sich eher ein Vergnügen gestatten als früher.

Wie für Drehorgel und Waldhorn, hatte er eine große Vorliebe für Uhren aller Art, die er nach und nach im ganzen Hause anbrachte, vorab aber in seiner Schreibstube. Je mehr die Uhren beim Gehen und Schlagen mit Rufen, Spielen, Trommeln und Trompeten Spektakel machten, um so lieber war es dem alten Jägersmann.

Auch seinen Viehstand vergrößerte er und hatte schließlich neben seinem Pferd 12 Stück Rindvieh. Jetzt konnte er handeln und verhandeln nach Herzenslust.

Seine Gastfreundschaft wurde nun außerordentlich. Man konnte ihm, wer es auch sein mochte, keine größere Freude bereiten, als wenn man bei ihm ankehrte und ihn besuchte. »Trag uns, Wible, was der Tisch tragt!« rief er dann seiner Heli zu. Schinken, Speck, Bier, Wein, Küchle und Kaffee mußten möglichst rasch beigebracht werden. Dann spielte er die Drehorgel und forderte zum Tanz auf. Seine Frau und die Töchter, die da waren, mußten mittanzen.

Je lustiger es herging, desto freudiger strahlte sein heiteres Angesicht.

Kein Handwerksbursche und kein Stromer ging leer aus, und zu jeder Zeit des Tages mußte sein Wible Feuer unter dem Herd haben, um den Wandersleuten »ein warmes Süpple« kochen zu können.

Die Glorie seiner Freude erlebte er, wenn sein oberster Dienstherr, der Fürst Egon von Fürstenberg, zu ihm kam und er diesem und seinen Kavalieren auf der Drehorgel vorspielen konnte.

Alljährlich von 1873 an ritt der Fürst von Fürstenberg auf das Forsthaus am Teufelstein, um auf Auerhähne zu jagen, die in der April- und Maienzeit in den Wäldern über dem Forsthaus, in denen auch Haselhühner vorkommen, balzen.

Wenn der Jäger am Teufelstein sie »verhört« hatte, schrieb er an den Fürsten: »Gehorsamster Balzbericht des fürstlich fürstenbergischen Beiförsters Fürst am Teufelstein. Die Auerhahnen balzen gut und warten schon lange mit Schmerzen auf den Tod durch Ihre durchlauchtigste Flinte.«

Daraufhin kam der Fürst ins Wolftal herab und schlug im Bad Rippoldsau sein Standquartier auf, da auch auf dem Kniebis gejagt wurde. An einem schönen Abend nun ritt er mit seinem Leibjäger und einigen Kavalieren in die Berge und hinüber zum Teufelsteiner.

Wenn sie den Wald heraufkamen, begrüßte sie schon von weitem der Alte mit seinem Waldhorn in freudeschmetternden Tönen und geleitete sie zu seinem Jägerhaus. Den Imbiß brachte der Fürst selbst mit, aber die Tafelmusik mit der Drehorgel lieferte der Fürst vom Teufelstein. Und daß der echte Fürst bisweilen jauchzend seinen Hut schwenkte, wenn sein alter Jäger orgelte oder das Echo am Wald von St. Anton mit dem Horn wachrief, das war diesem eine überschwengliche Freude.

Nach kurzer Nachtruhe wurden die Herren vom Förster geweckt und lautlos den Wald hinaufgeführt unter die Tannen des Eichbergs, auf denen die Auerhähne ihr Liebesspiel trieben. Sie waren so gut verhört vom Teufelsteiner, daß »die durchlauchtigste Flinte« stets zu Schuß kam.

Nach dem Frühstück, das unter Orgelton eingenommen wurde, verließen die Reiter den einsamen Jäger wieder, und sein Waldhorn klang ihnen noch lange nach unter den Tannen hin.

Beim Fürsten Egon, der so jedes Frühjahr zweimal kam, galt der originelle, brave Mann sehr viel, und nie verließ er dessen lustiges Waldhaus, ohne eine klingende Belohnung und eine Partie guter Zigarren zurückzulassen; denn der Teufelsteiner rauchte ums Leben gern vom frühen Morgen bis zum späten Abend, wo er in der Regel die letzten Züge aus seiner Pfeife im Bette tat.

Pfeifen hatte er so viele als Uhren, und den Tabak und die Zigarren bezog er stets in größeren Quantitäten. Aber seine Pfeifen zündete er nur nach guter, alter Art mit Zunder und Feuerstein an.

Weil er sehr viel rauchte und ein sparsamer Mann war, kam er auf den Gedanken, seinen Bedarf an Tabak selbst zu bauen auf seiner Waldoase. Er ließ sich deshalb Samen kommen und eine Anleitung zum Tabakbau. Es gelang. Die Pflanze gedieh, wuchs, wurde reif, geerntet und auf der Bühne getrocknet und dann ohne jede Fermentation geraucht.

Der Teufelsteiner hatte eine Riesengesundheit und vertrug auch diesen Tabak. Als aber eines Tages Reinhard, der Murer von Wittichen, das Dach am Forsthaus umdeckte, warnte ihn der alte Raucher, ihm nicht an seinen Tabak zu gehen, der unter dem Dache hänge. Der Murer konnte dem Gelüste nicht widerstehen, versuchte ihn und fiel in Ohnmacht. Den Bewußtlosen fand der Förster auf der Bühne liegen. Als er ihn wieder zu sich gebracht hatte, fragte er ihn: »Du hast gewiß von meinem selbstgepflanzten Tabak geraucht, der da hängt?« Der Murer bekannte wehmütigen Herzens sein Attentat. »Ja,« meinte der alte Jäger, »den kann nur der Fürst vom Teufelstein rauchen!«

Der Reinhard aber war einen Tag arbeitsunfähig, weil er »Teufelsteiner« geraucht hatte.

Auch Kaffee versuchte der Waldmann, welcher ein ebenso großer Freund von Kaffee war, wie von Tabak, zwischen seinen Tannenwäldern zu pflanzen. Er brachte die Pflanze richtig bis zum Produzieren von Bohnen. Diese schrumpften aber beim Rösten sehr zusammen, und nach dem Genusse dieses einheimischen Kaffees wurde es den sämtlichen Familiengliedern so elend zu Mute, daß der Hausherr darauf verzichtete, auf dem Abrahamsbühl im Schwarzwald eine Kaffeeplantage anzulegen.

In den 52 Jahren, da der Fürst auf dem Abrahamsbühl wohnte, war er vor seinem Tod nur dreimal krank und berichtete darüber dienstlich sehr originell an seinen Forstverwalter nach Wolfe. So anno 1843 im Februar: »Ich liege an der sogenannten Kopf- oder Hirnwut krank darnieder und doktere bei Dr. Trautwein in Schiltach.«

Im Juni 1850: »Ich habe vielen Durst und keinen Appetit. Die vielerlei und vielen Medikamente haben mich schier umgebracht und namentlich eine Portion Blutegel mir mein Blut stark abgezapft, hier und in der Umgegend sind viele Leute mit dieser Krankheit behaftet und können die Dokter, wie es scheint, hiervon nicht kurieren, sonst wären ich und jene schon lange hergestellt.«

Im Februar 1887: »Ich bin krank, aber einen Arzt habe ich nicht zu Hilfe gezogen, denn die 25 Mark Ganggebühren und mein Leben sind mir lieber als ein Plätzchen neben meiner jüngst verstorbenen Tochter Helene auf dem Kirchhof zu St. Roman. Ich habe den Arzt aus meinem großen Kräuterbuch selbst gemacht und auch die Medikamente zubereitet.«

Als Hausmittel hielt der alte Jäger viel auf Glaubersalz, das er stets in großen Quantitäten vorrätig hatte; ebenso auf Kräuter, die sein Wible, ein Buch mit Beschreibung und Abbildungen in der Hand, im Walde zusammensuchen mußte. –

Ein großer Freund der Jagd, kannte er alle Eigenheiten der Tiere, und zur Winterszeit schoß er Rehe, Hasen und Füchse von seinem Hause aus. Seine erwachsenen Mädchen mußten nachts abwechselnd wachen und ihn dann wecken, wenn ein Stück Wild in der Nähe war. Fürs Wachen bekamen die Mädle je eine Bratwurst. –

Einen schweren Ritt tat er im Sommer 1878, als sein Freund, Jagd- und Waldgenosse, der Forstverwalter Bogenschütz, drunten in Wolfe zu Grabe getragen werden sollte.

Traurig bestieg er am Morgen sein Rößlein; das Pfeifchen wollte nicht schmecken, da er an einem Junitag talab ritt, um seinem lieben Gönner, an dem er mit der ganzen Treuherzigkeit seines Wesens gehangen war, die letzte Ehre zu erweisen.

Des Toten Nachfolger war ein Bayer, der Oberförster Gayer, Sprosse einer uralten Jägerfamilie, deren Gründer, der »obriste

Forstknecht« Bartolme Gayer in der Markgrafschaft Burgau, schon in einer Urkunde Kaiser Rudolfs II. erscheint.

Auch Gayer hatte gar bald seine helle Freude an dem biederen Beiförster am Teufelstein, konnte diesem aber den an Alter und durch Freundschaft ihm viel näher gestandenen Bogenschütz nicht ersetzen, mit dem er so manches Jahr in des Waldes düsteren Gründen gesungen und gejagt hatte.

Oft rief er in jenen Tagen, da sein Freund von dieser Welt geschieden war, mit dem Waldhorn das Echo von St. Anton wach in schmelzerfüllten Tönen.

Hatte er schon dem einen und dem andern seiner Kinder und vielen Freunden ins Grab geschaut, am wehesten tat ihm doch der Tod seiner Lieblingstochter Helene, die am meisten vom Vater hatte und ein so schönes, kräftiges Mädchen gewesen war. Und als ihr Leichenzug durch den Wald zog am Teufelstein vorbei zum Kirchlein von St. Roman, und sie dort seinen Liebling, noch nicht dreißig Jahre alt, begruben, da wünschte er, der lebensfrohe Mann, bald auch ein Ruheplätzchen neben ihr.

Immer einsamer ward's um den braven Vater, seine Kinder in alle Welt zerstreut und nur eines der Mädchen in der Regel im Forsthaus. Die Mutter war die letzten 25 Jahre kränklich und lag viel zu Bett. In dieser Lage waren sein Wald, seine Pfeifen, seine Uhren, seine Drehorgel, sein Waldhorn und sein Pferd seine ganze Unterhaltung.

Selbst nach Wolfe ritt er selten mehr im grünen Jägerkleid und mit dem Hirschfänger angetan.

Wie sehr er mit der Natur in steter Verbindung war, geht auch daraus hervor, daß er alle seine Uhren stets nur nach der Sonnenuhr richtete, die er an seinem Hause angebracht hatte, und daß er viele, viele Jahre lang täglich die Witterung kontrollierte. Dies geschah dreimal: morgens, mittags und abends. In zierlicher, gewandter Schrift und äußerst sorgfältig schrieb er seine Bemerkungen nieder und daneben die Angaben des Barometers und des Hygrometers am gleichen Tag und zur gleichen Zeit. –

Aber viel interessanter und seinen Geist von einer neuen Seite illustrierend sind seine genau geführten Haushaltungsbücher über

Einnahmen und Ausgaben. Die von 1869 bis 1888 habe ich durchgesehen.

Der brave, arme Mann schließt sein Budget am 31. Dezember 1869 ab mit einem Kassenvorrat von 2 Gulden und 30 Kreuzern.

Am 2. Januar des folgenden Jahres erscheinen durch den Wald her die Kirchensänger von St. Roman, singen dem Fürsten vom Teufelstein »das neue Jahr an« und erhalten von dem wenigen Geld fast die Hälfte, einen Gulden.

Die schöne Sitte, andern Leuten mit Weihnachtsliedern das neue Jahr anzusingen, ist mehr und mehr abgekommen.

In Hasle war es zu meiner Knabenzeit auch das Vorrecht der Chorknaben, mit dem Sternen den Leuten Dreikönigslieder zu singen. Andere arme Buben im Städtle gingen hinaus aufs Land und sangen auf einsamen Höfen »das Neujahr an« und kamen mit ganzen Ladungen von Lebensmitteln aller Art heim zu ihren Eltern.

Und als ich noch Pfarrer am Bodensee war, erschienen zwischen Weihnachten und Dreikönig arme Knaben vom Binnenland, weiße Hemden über die Kleider und eine Laterne in der Hand, und sangen am hellen Tag das Neujahr an, mir immer zur Freude.

Die Kultur und die Polizei haben – Hasle ausgenommen – jetzt fast überall mit diesen »Betteleien« aufgeräumt und auch mit der stillen Poesie, die darin lag. –

Die Sänger von St. Roman erhielten vom alten Jäger ihren Tribut in glänzender Art. Aber auch der Dorfschullehrer, der neben dem Kirchlein auf der luftigen Höhe sitzt und des Teufelsteiners Kindern die Elemente des Wissens beibringt, bekam das übliche Neujahrsgeschenk in Form einer großen Brezel, die 36 Kreuzer gekostet und die eines der Kinder drunten in Schilte, im Städtle, geholt hatte.

Im ganzen Kinzigtal ist es üblich, am Neujahr dem Götti und der Göttle, d. i. den Taufpaten, je eine große Brezel zu bringen; der Mann am Teufelstein zählte wie billig den Lehrer auch zu den Paten seiner vielen Kinder und versüßte ihm sein mühevolles Amt alljährlich durch eine Brezel, so lange eines derselben in die Schule ging.

Seine Noblesse zeigte der Fürst ganz besonders auch den Rekruten in Berg und Tal, die nach altem Herkommen vor dem Einrücken fechten gehen.

In all seinen Büchern erscheinen jedes Jahr eine Anzahl Gaben an diese angehenden Krieger, die je nach ihrer Bedürftigkeit mit einer Gabe von einem Gulden oder zwei Mark bis zu zwanzig Pfennig herab beschenkt wurden.

Auch eine andere Sorte von Leuten, bereit, in den Krieg zu ziehen, d. i. zu heiraten, suchten den freigebigen Mann am Teufelstein auf; meist sind es arme Meidle, die ihn zu ihrer Hochzeit laden und dafür eine Gabe erwarten.

Von überall her, vorab aber vom Holzwald und Kniebis drüben, kamen diese Hochzeiterinnen nach dem Forsthaus auf dem Abrahamsbühl und holten ihren Beitrag zum Heiraten. Immer und immer kehrt dieser Posten wieder in den Aufzeichnungen des Jägers.

Auch was der »Metziger« erhielt, der ihm seine fetten »Chinesersäu« schlachtete, erfahren wir, nämlich 18 Kreuzer alten, 60 Pfennig neuen Geldes. Sein Gottekind, das Meidle, welches er in Wittichen gelegentlich aus der Taufe gehoben, erscheint alljährlich mit einer Geldgabe im Konto.

Postboten, Gelegenheitsboten, Stromer und Fechtbrüder figurieren mit ihren Trinkgeldern fast täglich in dem Budget des braven Mannes, der nichts ungelohnt ließ und jeden Pfennig aufschrieb.

Seine Buben, die am Palmsonntag den fürs Haus bestimmten Palmen in die Kirche trugen, erhielten sechs Kreuzer Gang- und Traggebühr.

Für jede Maus, die in seinen Feldern vor dem Haus oder in diesem selbst gefangen wurde, vergütete er dem Fänger, meist einer seiner Buben, fünf Pfennig, während die Mädchen für das Füttern seiner Jagdhunde belohnt wurden.

In dem Kriege von 1870 gab der Fürst wiederholt guldenweise Beitrage für die verwundeten deutschen Krieger.

Auch für die Heidenkinder, für die Franziskanerväter am heiligen Grabe, für den Papst finden sich alljährlich Opfergelder verzeichnet.

Jedem Leichenboten und jeder Leichensagerin, welche Todesfälle anzeigten und zur Beerdigung einluden, ward des alten Jägers Scherflein.

Am Romanusfest bekam jedes der Kinder sechs Kreuzer, um sich draußen bei der Kirche einen Wecken oder einen Lebkuchen kaufen zu können.

Jeden Schoppen, den er nach seinen Waldgängen in Wittichen getrunken, jeden Pfennig, den er dort verspielte, notierte er in seinem Ausgabebuch.

Auslagen der Frau für Kaffee, Zichorie, für Nadeln, und Faden und ihr karges Zehrgeld bei Hochzeiten oder Leichenbegängnissen verrechnete er immer mit der Bezeichnung: »Die Frau im Haus oder die Frau Fürstin«.

Eine große Freude muß er jeweils gehabt haben, wenn fahrende Musikanten kamen, vor seinem Waldhaus spielten und das Echo von St. Anton belebten. Sie stehen einmal mit dem Titel »bayerische Musikanten«, aber immer mit ein bis zwei Mark im Buche.

Jeder Hausierer und jede Hausiererin fand bei dem Mann auf der einsamen Waldhöhe einen Abnehmer. Selbst einer »bayerischen Bettlerin« kaufte er einmal einen Hasen ab um 15 Pfennig.

Gerne sah er auch hausierende Bilderhändler, besonders wenn sie Bilder führten, wie des Jägers Hochzeit, sein Leichenzug, sein Grab.

Tabakspfeifen mit solchen Bildern kaufte er mit Vorliebe und immer wieder neue.

Zigarren bezog er in enormen Quantitäten, manchmal bis zu 4 und 5000, aber nicht bloß für sich, sondern auch für andere Sterbliche, besonders für die Pfarrherrn von St. Roman und Wittichen. Jeder Taglöhner bekam nach jeder Mahlzeit seine Zigarre, ebenso jeder Stromer und Fechtbruder und nicht weniger die Holz- und Wegmacher und die Flößer im Heuwich.

Einer seiner Lieferanten war der meinen Lesern wohlbekannte Graf Magga in Zell.

Mannigfache Belastung des kleinen Einnahmebudgets verursachten auch die Uhren. Ihre Reparaturen stehen alljährlich öfters im Buch. Mit Hochgenuß hat er aber sicher die 33 Mark verzeichnet, welche er anno 1885 für eine »neue Drehorgel, 120 Stück spielend,« ausgab. Als er außer Dienst war, hatte er viel mehr Zeit zum Drehorgeln, und er kaufte 1889 noch eine zweite »mit 16 Notenblättern, sechs gelben und zehn weißen, um 45 Mark.« –

Interessant war mir, daß der helle Mann am Teufelstein, wohl unter dem Einfluß der Fürstin, einige Male Ausgaben verzeichnet für Volksärzte, Wunderdokter und »Sympathisten«, wie er sie nennt. Auch ein »Sympathiebuch« kaufte er einmal.

Der berühmteste Volksarzt im Kinzigtal, mein Freund, der Hättichsbur im Reichstal Harmersbach, figuriert auch in des Teufelsteiners Tagebuch. Mich hat's gefreut. Neben dem Hättichsbur wurde auch der Sympathist Finkenbeiner in Baiersbronn im unfernen Murgtal beraten, und zu dem kranken Vieh auf dem Abrahamsbühl kam der Wolber aus dem Kaltbrunn.

Der Wolber war ein Krummholz (Wagner) und wohnte am Gallenbächle. Ein großer, hagerer Mann mit vollständigem Glatzkopfe, auf seiner großen Nase eine schwere Hornbrille, imponierte er schon äußerlich, so lange er stand. Wenn er aber schlottrigen Ganges, die Zehen nach innen, die Fersen nach außen gerichtet, daher lief, fürchtete man ihn.

Er hatte nur ein Mittel, der Krummholz am Gallenbächle, für Menschen und Vieh; es waren dies mit Geißbutter bestrichene kleine Brötchen, welche der Patient verzehren mußte, während der Sympathist sein Sprüchlein tat.

Rotlauf, Fieber, Blutvergiftungen, sagen die Buren alle heute noch, konnte der Krummholz unfehlbar heilen, ebenso die Schmerzen und den Brand nehmen.

Aus dem fernen Renchtal stiegen die Leute über den Holzwald und Kniebis herauf und kamen hilfesuchend zum alten Wolber, der täglich, wie's einem frommen Sympathiemann geziemt, in das Kirchlein nach Wittichen wanderte, aber auch täglich seinen Schoppen trank in der Linde im Vortal.

Der Wolber verteilt schon mehr denn 20 Jahre keine Butterbrötchen mehr; er ist längst tot. –

Gerne bezog der Mann am Teufelstein Sachen auf Zeitungsannoncen hin, so auch einmal ein »Perspektiv aus Berlin für drei Mark«, ein andermal Hemden aus dem Elsaß, dem er beim Eintrag in sein Ausgabebuch einen famosen Namen gab, indem er es »Deutsch-Frankreich« nannte. –

Seine milde Hand tat sich auch gerne auf für vom Feuer Beschädigte. Oefters steht ein großer Betrag eingetragen »für abgebrannte Leute«. Auch arme Weibsleute, die gerne nach Einsiedeln gewallfahrtet wären, aber kein Geld hatten, erfreuten sich des braven Mannes Unterstützung.–

Das Einnahmebudget war so klein, daß man staunen muß, wie er das Ganze im Gleichgewicht zu erhalten mochte.

Jedes Vierteljahr 350–400 Mark Besoldung, bisweilen Verkauf von Wild und Fischen, von Kühen und Kälbern, das war die Einnahme.

Das Wild, namentlich Rehe und Haselhühner, lieferte er oft nach Wolfe an Theodor, den Seifensieder, und nahm dafür Seife und Lichter für seinen Hausbedarf.

Forellen aus dem Heubach, die ihm seine Buben oder arbeitslose Leute fangen mußten, bekamen die Bad-Wirte im Renchtal drüben.

Beim Verkauf von Vieh war er äußerst hochherzig. Kaufte es ein armer Mann und die Summe ging über 100 Mark, so hieß es im Tagebuch: »Zahlbar in zwei Jahren ohne Zins.«

Kühe, die er kaufte, bekamen alle den Namen entweder vom Ort, aus dem sie herstammten, oder von ihrem früheren Besitzer. Sie figurieren im Budget als Kniebiskuh, St. Romanerkuh, Schiltacherkuh, Schultoniskalb.

Ein eigenes Ausgabebüchlein führte der Teufelsteiner für den Bedarf von Rind- und Kalbfleisch, das er vom »Metziger« Philipp Wolber von Schiltach bezog. Diesem schrieb er nach jeder Sendung die Note derselben ins »Fleischbüchle«, so daß der Metzger bei der nächsten Fleischbestellung stets lesen konnte, wie das letzte Fleisch am Teufelstein aufgenommen worden war.

Wir lesen da: »Schlecht, sehr schlecht, viel Bein, sehr schön und gut, gut und fett, altes, zähes, schlechtes Zeug, nicht lind zu bringen, fett, lauter Bein, schwammig und nicht zu essen.«

Der Metzger Wolber aber muß ein kreuzbraver Mann gewesen sein, denn er las ruhig all die schlechten Noten, lieferte unverdrossen weiter und quittierte am Ende des Jahres, wo abgerechnet wurde, stets mit »herzlichstem Dank«.

Wie sparsam aber die Familie des Fürsten im Essen von »grünem Fleisch« war, geht daraus hervor, daß die Jahresrechnung nur zwischen 75 und 90 Mark betrug.

So geben uns seine Aufzeichnungen das Bild eines originellen Mannes, dessen wohlwollender, gerader und biederer Geist überall durchleuchtet, selbst da, wo andere Menschen nur trocken ihr Soll und Haben niederschreiben.

Begleiten wir ihn jetzt in seine Ruhetage, wo er volle Muße findet, seinen originellen Liebhabereien nachzukommen, bis der Tod einkehrt auf dem Abrahamsbühl, um den Fürsten, der diesseits des Teufelsteins so viele Jahre verlebt, jenseits desselben ausruhen zu lassen von den Mühen eines langen Lebens.

6.

Noch am Neujahr 1888, an welchem der Mann am Teufelstein in sein achtzigstes Lebensjahr eintrat, hatte er von der Gnade seines Fürsten auf Antrag des Oberförsters einen 100 Mark-Schein erhalten als Zeichen des Wohlwollens und der Zufriedenheit mit seinen Leistungen.

Gleichwohl fand er die Zeit gekommen, seinen Walddienst niederzulegen. So wehe ihm das auch tat, es ging nimmer. Die Füße versagten tagelangen Waldgängen den Dienst, und nur halben Dienst zu leisten, widerstrebte dem braven Mann.

Nur um eines bat er in seinem Pensionierungsgesuch: »im Forsthaus am Teufelstein bleiben und sein Leben beschließen zu dürfen, da es ihm unmöglich sei, seinen lieben Wald zu verlassen und unter so vielen Menschen in dem Städtchen Wolfach oder Schiltach zu leben.«

Gerne willfahrte Fürst Egon dem Wunsche des getreuen Dieners und ließ ihn mit 1200 Mark Ruhegehalt in seinem Forsthaus auf dem Abrahamsbühl.

Jetzt war der Alte selig.

An seine Stelle trat ein junger Waldhüter, dem er ein Zimmer im Forsthaus einräumte, und den er für 20 Mark monatlich mit sich essen ließ.

Auch in der Zeit seines Ruhestandes blieb er ein Original. In den Wald konnte und wollte er nimmer, es tat ihm zu wehe; aber im Wald noch zu wohnen, vom Fenster aus noch das Echo von St. Anton wecken zu können und am Morgen die Sonne über das »Theißenköpfle« heraufsteigen zu sehen, war ihm hohe Befriedigung.

Nie konnte man ihm den Glauben beibringen, daß die Erde sich um die Sonne drehe; das Umgekehrte, meinte er, sei der Fall, denn seit fünfzig Jahren sehe er jeden Morgen die Sonne am Theißenköpfle heraufkommen und hinter dem Staufenkopf hinunter gehen. Sie spaziere also, die Erde aber stehe still.

Ins Forsthaus gebannt, mußte hier für Beschäftigung gesorgt werden, und die machte er sich in seiner eigenen Art.

War er in der Frühe aufgestanden, so ging's an den laufenden Brunnen in der Küche, um sich zu waschen.

Indes mußte sein Wible oder die Tochter Priska den Kaffee machen, wobei er nicht aus der Küche ging, bis sein Mokka fertig war, weil er den Weibsleuten nicht traute und fürchtete, sie täten ihm Zichorie in sein Lieblingsgetränk.

Zum Kaffee ward die erste Zigarre angezündet. Dann wurden sämtliche Uhren aufgezogen und diejenige Pfeife gestopft, welche an der Tagesordnung war.

Er besaß 18 Pfeifen, von denen je eine einen Tag Dienst hatte. War sie ausgeraucht, so wurde wieder eine Zigarre angesteckt, bis die Tagespfeife kalt war und aufs neue gefüllt werden konnte.

Rauchend ging er dann in seinen drei Stuben in der Front des Hauses auf und ab. Nebenbei schaute er seinem Pferde, das er sich immer noch hielt, zu, wie es vor dem Hause weidete, oder er nahm sein Perspektiv und lugte nach den Taglöhnern in der Saatschule oder in seinen Feldern, ob sie arbeiteten.

Gen Mittag kam der Briefbote das Tal herauf und brachte ihm die Zeitungen, erzählte die Neuigkeiten aus der Welt drunten und gab ihm die Stunde an, wenn seine Sonnenuhr nicht funktionierte.

Punkt zwölf, während er eine neue Pfeife stopfte, stund er unter seinen Uhren und horchte lächelnd und aufmerksam auf ihr Schlagen, Trompeten, Kuckucken und Blasen. Kam eine zu spät, so erhielt sie alsbald eine Standrede.

Nach dem einfachen Mittagessen, zu dessen Auftragen ein Wecker in der Küche die Weibsleute mahnte, las er, immer rauchend, die Zeitungen und zwar stets zuerst den »Vetter aus Schwaben«.

Fand er in den Blättern irgend eine billige Neuigkeit aus dem Gebiete der Industrie angezeigt, so wurde sie alsbald bestellt.

Gleich nach dem Essen öffnete er zur warmen Jahreszeit die Fenster, um Fliegen anzulocken. War eine ordentliche Zahl, vom Speisengeruch angezogen, eingefallen, so ging der alte Jäger auf die Jagd.

Nur mit Hemd und Unterhosen bekleidet, nahm er seinen »Muckentatscher«, einen an einen Stecken gebundenen ledernen Lappen, und fing an, die Fliegen zu töten, bis keine mehr im Zimmer war. Die Zahl der Getöteten wurde alsbald in ein Schußregister eingeschrieben, dann die Fenster wieder geöffnet und nach einiger Zeit die Jagd aufs neue aufgenommen. Im Winter, wo keine Fliegenjagd möglich war, wurde zum Zeitvertreib die Drehorgel gespielt.

Dreimal des Tags fütterte er auch mit Vorliebe vom Fenster aus seine Hühner.

Kamen Hausierer, was ihm stets angenehm war, so entließ er keinen, ohne das oder jenes gekauft und mit dem Manne sich einige Zeit unterhalten zu haben.

Wurde es Abend, so schaute er in den Wald hinaus, wie die Sonne die Tannen vergoldete, und dann rief er, wie zum Nachtgebet, das Echo von St. Anton.

Einnahmen und Ausgaben des Tages wurden noch notiert, mit dem Wible zunacht gebetet und die letzte Pfeife im Bett vollends ausgeraucht.

Am liebsten war er, so beschäftigt, des Tags über allein. Seinem Nachfolger sagte er gleich: »Ich bin in meinem ganzen Leben am liebsten allein gewesen: wenn Sie also nichts bei mir zu tun haben, so lassen Sie mich in Ruhe.«

Aber einmal täglich mußte er doch kommen, da der alte Forstmann stets wissen wollte, was in seinen lieben Wäldern gearbeitet wurde. –

So oft er seine Pensionsrate erhalten sollte, mußte er, wie üblich, ein Lebenszeugnis einsenden, das er sich stets selbst ausstellte und zwar in abwechselnden, originellen Ausdrücken.

Im Jahre 1889 schreibt er an das Rentamt in Wolfe: »Das Ab- oder Fortleben des fürstlichen Beiförsters a. D. in Heubach betreffend. Obwohl ich das achtzigste Lebensjahr hinter mir habe, fällt es mir im Traum nicht ein, itzt schon ableben zu wollen oder zu sollen. Früher, wo schwere und beschwerliche Dienstgeschäfte zu verrichten oder Not und Mangel im Hause waren, hätte es eher der Fall sein können; erinnere mich aber dessen nicht. Seit ich nun in den Ruhestand versetzt bin, denke ich an gar kein Ableben und hoffe wenigstens noch 20 Jahre gesund und robust auszuhalten, denn itzt hab' ich das beste Leben, habe nichts zu arbeiten, nur zu essen und zu trinken, nachher mein Pfeifchen zu rauchen und Geld zu zahlen, wenn da ist.«

»Das Standesamt Kinzigtal wird und kann, wenn aufgefordert, mein Leben bestätigen, da demselben, so viel mir bekannt, vom hiesigen Totengräber bis dato noch kein Totenschein über mich zugestellt wurde.«

Im folgenden Jahre meldet er im gleichen Betreff: »Hiemit wird mit eigenhändiger Handschrift recht gerne bestätigt, daß der Unterzeichnete trotz seiner Geburt am 2. März 1809 bis dato noch im Dasein ist und ihm zur Zeit nicht im entferntesten einfällt, sein immer noch robustes Leben itzt schon durch den erwünschten Tod auszuhauchen.«

Im Jahre 1889 feierte er mit seiner Heli die goldene Hochzeit, aber im stillen, weil sein Wible krank war und er nicht ins Wirtshaus wollte nach dem Kirchgang. Aber sein Fürst sandte ihm einen klingenden Gruß, und Freunde und Bekannte gratulierten dem greisen Ehepaar, das auf all diese Dinge nicht gerechnet und auch niemanden etwas von der Feier gesagt hatte.

»Goldene Hochzeiten sind keine grünen,« meinte die Frau Helene, die den Festtag, mit Atemnot ringend, im Bette verbrachte, während der Hochzeitsvater zu Ehren des Tages eins aufspielte auf seiner Drehorgel.

Denn ohne Musik verging ihm kein Tag; machten ihm seine Uhren nicht genug in Tönen, so half er nach mit seiner Orgel oder mit dem Waldhorn.

Lag seine Heli, was in den letzten Jahren oft vorkam, tage- und wochenlang im Bett und es kamen Leute auf den Abrahamsbühl und zum Teufelsteiner, so führte er sie unter die Türe der Krankenstube und sprach im Spaß: »Helft mir doch mein Wible umkehren, sie liegt immer auf einer Seite, und sterben will sie auch nit, damit ich eine junge bekomme. Aber alte Wiber sterben nit leicht, die sind nicht umzubringen.«

Als Antwort flog dann ein alter Schuh oder ein Pantoffel unter die Türe, die der Gatte lachend wieder verließ.

Doch die gute Heli, die brave Mutter, ging eher heim, als der Fürst vom Teufelstein geahnt hatte. Am 3. April 1891 haben sie die treue Gefährtin am Teufelstein vorbei auf den winterlichen Kirchhof von St. Roman zu Grab getragen. Nur zwei von ihren vielen Kindern waren bei der Mutter im Sterben, die andern alle fern der Heimat oder im Tode ihr vorangegangen. Sie starb so fromm, wie sie gelebt hatte.

Bald, nachdem sie die Mutter begraben, wankte eines Tages mühsam an einem Stock eine bleiche, abgehärmte Frauensperson durch den Wald dem Forsthaus zu. Es war die Tochter Kreszenz, heimgekehrt nach furchtbaren Leiden aus Brasilien.

Merkwürdig, der Mann und die Frau, welche nie aus der nächsten Umgebung ihres Waldheims herauswollten, hatten Kinder, in denen ein starker Wandertrieb herrschte.

Als die Kreszenz sich erholt, heiratete die Priska ihren Sebastian, den Flößer, und der alte Jäger lebte mit der einzig freien Tochter seine letzten Tage in dem Haus, das einst wimmelte von Kindern.

Aber ans Sterben dachte er nicht, es war ihm auch nicht darnach. Ein Jahr nach dem Tod seiner Heli meldet er sein Leben wieder also an:

»Nun ist die Zeit wieder da, wo Pensionäre ein Lebenszeichen von sich zu geben haben, um nicht zu den Verschollenen notiert zu werden. Deshalb berichte ich, daß ich noch lebe und zwar seit dem 2. März 1809 und – Dank dem Himmel – recht gesund und munter bin und mein Leben itzt noch nicht mit dem unwiderstehlichen Tod vertauschen möchte.«

»Sollte aber durch einen Federstrich meine Unterschrift gegen die frühere bezweifelt werden, so wolle man den Totengräber Anton Hauer in St. Roman um Aufschluß angehen, welcher mein Leben gewissenhaft bestätigen dürfte, da ich meines Wissens noch lebe.«

Ja, er war in diesem Jahr 1892 noch so lebenslustig, daß er der Domänenkanzlei in Donaueschingen mit dem heiraten drohte.

Praktisch, wie er war, wollte er für seine kranke Tochter sorgen und kam daher auf den zweifellos vernünftigen Gedanken, seiner Kreszenz die Pension zu verschaffen, welche seiner Frau, wenn sie ihn überlebt hätte, zugefallen wäre. Er schrieb daher dienstlich den folgenden köstlichen Bericht: »Wie bekannt, bin ich seit 1. April vorigen Jahres Witwer, aber trotz meiner 83 Jahre noch heiratsfähig, verzichte aber auf Wiederheiraten, wenn hohe Domänenkanzlei meiner kranken Tochter Kreszenzia nach meinem Tod die Pension gewähren würde, welche sonst meiner überlebenden Frau zukäme. Andernfalls werde ich mich mit einem knapp der Schule entlassenen Mädchen verehelichen. Ein altes Reibeisen zu heiraten, fällt mir nicht ein. Minderjährige Kinder habe ich zur Zeit keine mehr, wenn ich aber wieder heirate, sind solche nicht ausgeschlossen.«

»Ich bin 57 Jahre im aktiven Dienst gewesen und habe einen großen Betrag in die Witwenkasse eingezahlt, hoffe also auf Gewährung meiner Bitte.«

Domänenkanzleien haben in der Regel keine Anlagen zum Verständnis von Humor und können sie der Folgen wegen auch nicht haben. Die Bitte des Teufelsteiners wurde abschläglich verbeschieden, aber der junge Fürst Karl Egon sorgte, wie wir sehen werden, für die Kreszenz und beruhigte so den Alten, seine Drohung, wieder zu heiraten, nicht auszuführen. –

Immer einsamer wurde des braven Mannes Leben, Er verließ in den letzten Jahren selten auch nur das Haus. In seinen Stuben spielte sich sein Leben ab mit Rauchen, Jagen, Orgeln, Uhrenaufziehen und Zeitunglesen.

Obwohl er Spaziergänge in den Wald, der ihn rings umgab, noch leicht hätte machen können, tat er es doch nicht.

Er wollte seine Kinder und Freunde, die jungen und die alten Tannen, nicht mehr besuchen als ein Forstmann, der nichts mehr mit ihnen zu tun hatte. Seinem Herzen hätte es wehe getan, wie ein Fremdling unter ihnen zu wandeln.

Diese Abgeschlossenheit und diese freiwillige Gefangenschaft waren zweifellos für einen Mann, der mehr als ein halbes Jahrhundert den ganzen Tag im Walde zugebracht hatte, gesundheitlich von schädlicher Wirkung.

Drum klopfte der Tod bei ihm eher an, als er erwartet hatte.

Ahnungen von diesem Ereignis zogen durch seine Seele. Eines Tages, als der Oberförster Gayer ihn besuchte, stellte er an diesen die Frage, ob er nicht, wenn der Tod einmal käme, im Walde begraben werden könnte. Er gehe so ungern aus seinem lieben Wald, und unter seinen Tannen möchte er den letzten Schlaf schlafen.

Der Oberförster bezweifelte, ob dieser Wunsch erfüllt werden könnte.

»Wenn das nicht sein kann,« sprach nun der alte Jäger, »so bitte ich Sie, Herr Oberförster, mein Begräbnis also zu ordnen: Mein Sarg soll, mit Tannenreisig verziert und von Waldleuten und von Holzmachern begleitet, von meinem Rößlein auf einem Wagen recht langsam bis zum Saum des Waldes beim Teufelstein gezogen werden. Von da aus sollen sie mich tragen bis zum Friedhof von St. Roman. Sobald sie aber mit meiner Leiche aus dem Wald herausschreiten, sollen drei Böllerschüsse losgelassen werden, daß es in den Bergen widerhallt und alle Tannen erfahren, daß der Fürst vom Teufelstein von ihnen ewigen Abschied nimmt.«

Gerührt versprach ihm der Oberförster, seinen Wunsch pünktlich zu erfüllen, meinte aber, es sei noch lange Zeit bis dahin. »Und ich mein's auch,« lächelte der Alte, »aber man weiß es eben nicht. Aber wenn's sein muß, geh' ich halt und bin jetzt getröstet, daß meine Leiche beerdigt wird, wie ich's wünsche.«

Im Winter 1892 auf 93 saß er am Abend, oft noch lange sein Pfeifchen schmauchend, bei seiner Kreszenz in einsamer Stube, während draußen in kalten Nächten die Füchse bellten und der Mond die schneebestreuten Tannen beglänzte, und erzählte aus seinem langen Leben. Oft sprach er aber auch davon, wie gut er's jetzt habe in seinen alten Tagen und wie gerne er noch ein paar Jahre leben möchte.

Es sollte nicht sein. Als der Frühling ins Land kam, der Schnee von den Bergwänden schmolz und die Tannen ihre Winterlast abschüttelten im Wehen lauer Winde, als die Bergfinken und die Drosseln wieder zu schlagen anfingen und des Jägers Rößlein lustig vor dem Forsthaus sich tummelte – da kam der Sensenmann zum Fürsten vom Teufelstein.

Er klopft erst leise an. Das Rauchen will nicht mehr so schmecken, wird aber unentwegt fortgesetzt in alter Art. Die Beine wollen ihren Mann nicht mehr tragen, während er rauchend durch seine Stuben promeniert. Bisweilen entschlüpft ihm das Wort: »Wie armselig wird doch der Mensch im Alter!«

Da es nicht besser werden will, besteht die Kreszenz darauf, den Doktor in Wolfe zu holen. Dagegen sträubte er sich wegen der großen Kosten und schickte die Tochter zum Dr. Moser, um von diesem mündlichen Rat zu holen.

Sie kam vom weiten Marsch zurück mit dem Bericht, der Arzt meine, er sollte den Patienten einmal selbst sehen. Darauf wollte dieser aber nicht gleich eingehen und machte den Vorschlag, dem Doktor eine Photographie zu schicken, welche ein vagabundierender Künstler einst vom Teufelsteiner aufgenommen hatte. »Dann sieht der Doktor, wie ich aussehe, in mich hinein kann er doch nit schauen,« sprach der Alte.

Schließlich gab er aber doch nach, und der Arzt erschien. Mit lächelnder Miene äußerte der Jäger, sein Pfeifchen im Munde und im Bette liegend:»Was meinen Sie, Herr Doktor, bringen Sie mich noch einmal 'rum? Ich hab' dieser Tag' in der Zeitung gelesen, im Oesterreichischen sei ein Wibervolk 130 Jahre alt geworden, und wenn das ein Wibervolk z'weg bringt, so wird's bigoscht der Fürst vom Teufelstein au z'weg bringen.«

Er wehrte sich gegen den Tod mit aller Energie. Täglich stand er noch vom Lager auf und versuchte mit der Pfeife seinen gewohnten Zimmerspaziergang zu machen. Täglich ging's aber auch schlechter.

Als er endlich sah, daß es nicht mehr wollte, ließ er den Pfarrer von St. Roman rufen und machte seine Rechnung mit dem Himmel. Seine Kreszenz hatte ihn, da sie in Einsiedeln diente, in die Bruderschaft von unserer lieben Frau zur immerwährenden Hilfe aufnehmen lassen.

Die Beipflichtung eines Mitglieds dieser Bruderschaft besteht in dem täglichen Beten von drei Ave Maria.

Dieses Gebet, das er zu verrichten nie vergessen hatte, betete er jetzt angesichts des Todes immer und immer wieder und, wie mir die Kreszenz schrieb, in einem so flehentlichen und innigen Ton, daß es »ihr durch Mark und Bein ging.«

Dazwischen rief er wieder laut und langsam: »O Jesus, dir lebe ich; o Jesus, dir sterbe ich; o Jesus, dein will ich sein im Leben und im Tode!«

Am Morgen seines Todestages kam vom jungen Fürsten von Fürstenberg eine Sendung, ein eingepackter Stock, im Forsthaus an. Der Alte freute sich und meinte: »Jetzt kommt der Fürst auf die Auerhahnjagd und übernachtet bei mir.« Am Mittag erschien der Waldhüter, sein Nachfolger, mit der Kunde, es komme am Abend ein Herr zur Hahnenjagd. »Das ist der Fürst selbst,« meinte der alte Jäger, »er hat diesen Morgen schon seinen Spazierstock geschickt, und ich hab' ihn in das herrschaftliche Zimmer bringen lassen.«

Gegen Abend kam der Waldhüter mit dem erwarteten Jäger ins Forsthaus. Es war nicht der Fürst, sondern ein Baron von Reischach, Hofmarschall der Kaiserin Friedrich.

Beide fanden den braven Förster als einen toten Mann. Eben, als am 27. April 1893 die Sonne zwischen dem Käppeleswald und dem Staufenkopf unterging, war er verschieden.

Der Baron hatte dem getreuen Diener Grüße des Fürsten und in der Sendung vom Morgen den Spazierstock seines verstorbenen Vaters als Andenken bringen sollen mit dem Wunsche, den Stock noch lange zu gebrauchen.

Der fürstliche Spazierstock war des alten Jägers Wanderstab in die Ewigkeit, in welche der fürstliche Spender ihm heute bereits auch nachgefolgt ist. –

Am 29. April 1893 regte es sich in allen Tälern und in allen Wäldern des oberen Kinzigtales. Ueberall hin hatten die Leichenbitterinnen den Tod des Fürsten am Teufelstein gemeldet auf alle Höfe in Kaltbrunn, Bergzell, Wittichen, St. Roman, Lehengericht, Schapbach, Rippoldsau, auf dem Kniebis und im Holzwald und hinab in die Städtchen Wolfe und Schilte.

Und von überall her aus diesen Waldgebieten waren Buren und Bürinnen aufgebrochen, dem braven Mann am Teufelstein die letzte

Ehre zu erweisen. Die einen kannten ihn, die andern hatten viel von ihm gehört – alle achteten ihn, den Waldmann und Bauernfreund.

Sein Oberförster hatte die Feier in die Hand genommen, durch Rundschreiben alle Waldhüter und Holzhauer aus den fürstlichen Forsten dazu geladen, für die Böller gesorgt und für die Tannenkränze auf dem Totenbaum.

Des Toten Rößlein zog den Sarg bis über den Teufelstein hinaus. Und als der Zug den Wald verließ, krachten die Geschütze, und es rauschte in den Tannen am Eichberg und im blauen Loch, in der Trillen und am Teufelstein. Und von St. Anton herüber gab es Widerhall. Das Echo, das er so oft gerufen mit seinem Waldhorn, es gab heute die Trauersalven zurück wie dumpfes Wehklagen.

Und die Völker in malerischer Tracht hinter dem Sarg beteten feierlich und ernst immer und immer wieder: »Herr, gib ihm die ewige Ruhe, und das ewige Licht leuchte ihm!« – bis die Waldhüter, welche den Toten vom Wald weg getragen, ihn niederstellten am offenen Grab neben dem altehrwürdigen Bergkirchlein von St. Roman.

Und als die Feier zu Ende war, sammelten sich die Leute in der großen, großen Stube des Adlerwirts und Bachvogts zur »Leidschenke«, und mit ernsten Mienen sprachen sie von dem braven, lustigen Mann, den sie heute begraben. –

Wenige Tage nach der Beerdigung des Vaters kamen die Priska und ihr Mann, der Basche, nach Wolfe und überbrachten dem Oberförster als letztes Vermächtnis des Toten seinen Hirschfänger.

Schon nach der Pensionierung des alten Jägers hatte der Oberförster den alten, mit Jagdstücken verzierten Hirschfänger – ein uraltes Familienstück – vom Teufelsteiner käuflich zu erwerben gesucht. Der aber hatte damals geantwortet: »Ich kann itzt, solange ich lebe, mich unmöglich von meinem alten, lieben Hirschfänger trennen, aber ich will, daß er nach meinem Tod in die Hände eines Jägers komme, und Sie sollen ihn haben.«

Er hat Wort gehalten und das Versprechen selbst im Sterben nicht vergessen. Die Uhren aber, welche so manche Stunde dem alten Jäger das Leben erfreut, wurden samt dem Waldhorn versteigert und tönen und schlagen und trompeten und kuckucken jetzt einzeln auf den Waldhöfen der Umgegend. Die Drehorgeln nahmen seine zwei Töchter, die Priska und die Wirtin zum Auerhahn an sich. Und sie spielten darauf in Erinnerung an den Vater.

Sein letztes Rößlein kam um 20 Mark weg, so wenig hatte es noch an Wert.

Die kranke Kreszenz nahm der Fürst von Fürstenberg in sein Spital zu Hüfingen auf, wo es ihr Wohl gefällt, und von wo sie mir vieles schrieb aus des Vaters und aus ihrem Leben.

Sie verrät in ihrer Erzählung überall den gesunden Humor des Fürsten, trotzdem sie fast beständig zu leiden hat. Ihre Freude sind die Erinnerungen an das Elternhaus, an Vater und Mutter, an Wald und Heide drunten im Tale.

7.

Es war ein regnerischer Herbsttag, der 28. September des Jahres 1896, als ich mit Oberförster Gayer von Schiltach her in das Heubachtal einfuhr. Ich war von meinem Herbstaufenthalt in Hofstetten hergekommen, und der Oberförster, der sich sehr dafür interessierte, daß der Fürst vom Teufelstein nicht ganz vergessen werde, hatte sich freundlich erboten, mich zum Teufelstein zu begleiten.

Wir hatten beim Ochsenwirt in Schilte, einem grundgescheiten Manne, den ich von lange her kenne, Mittag gemacht.

Ich bin schon öfters in Schilte gewesen und habe meine Freude gehabt an seinen alten, hohen Holzhäusern und an dem wunderbaren Blick von der Ruine der Burg aus, auf welcher einst die Herzoge von Urslingen und von Teck saßen, Freunde der Grafen von Fürstenberg-Haslach.

Und jedesmal bin ich beim Ochsenwirt eingekehrt, der ein Freund war meines Vetters, des Kastenvogts zu Hasle, und mich noch als Student gesehen hat.

Der Ochsenwirt stellte uns ein flottes Gefährt zu der Gebirgstour, und unter strömendem Regen fuhren wir gleich unterhalb Schilte nördlich in den Heuwich ein. Je weiter wir das Tälchen hinauf kamen, um so wilder und romantischer wurde es.

Der Regen ließ etwas nach, und wir konnten den Wagen öffnen. Wohin ich schaute, liebliche Schwarzwaldbilder: Felsen, Tannen, Wasser, Hütten so malerisch und so grotesk gruppiert, daß ich mich schämte, wenige Stunden unterhalb des Heubacher Tälchens daheim zu sein und es heute das erstemal zu betreten.

Wie muß das alles erst dreinschauen, sagte ich mir, wenn der Sonnenschein durch die Tannen fällt und auf die Felsen und Hütten, da mich schon bei Regenwetter der Heuwich so entzückt!

In der Mitte des Tälchens, zwischen dem Abrahamsbühl und dem Walde von St. Anton, liegt einsam, vom Weg etwas entfernt, an einer Halde die Wirtschaft zum Auerhahn.

Hier tranken die alten Flößer noch eins, ehe sie abfuhren durch die Hölle und ehe sie heimkehrten von der Fahrt; hier sangen die

Bergknappen der nahen Grube St. Anton einst ihre Lieder, und hier erfrischen sich jetzt noch zur Sommers- und Winterszeit die Holzhauer aus den Wäldern ringsum.

Und ich hatte Glück. Alle Sorten dieser jetzigen und einstigen Gäste traf ich heute im Auerhahn: Von den Flößern den Wirtsbasche, einen stattlichen, kräftigen Mann mit schwarzem Vollbart, von den Bergknappen den Obersteiger Cyprian Breitsch, von den Holzmachern den Schmied-Andres und den Harter-Lorenz aus dem Kaltbrunn, einen Vetter des Teufelsteiners.

Auch die Tochter Priska war da. Heiterkeit und Lebenslust spricht aus ihren Zügen, obwohl sie das Schwabenalter hinter sich hat. Sie und ihre älteste Schwester, die Wirtin, bekunden, da die Mädle in der Regel dem Vater gleichen, in Gestalt und Gesichtszügen, daß der Fürst vom Teufelstein ein schöner, stattlicher Mann gewesen sein muß.

Alle redeten vom toten Förster und Vater, und aus allen sprach das Heimweh nach dem Mann, der mehr als ein halbes Jahrhundert lang der Wälder ringsum wartete und sie pflegte wie seine Kinder, und der seinen Flößern und Holzmachern allzeit ein guter Freund und heiterer Gesellschafter gewesen war.

Vom Cyprian, dem Obersteiger, einem schönen, großgewachsenen Greisen mit glattrasiertem, jugendlich frischem Gesicht und denkenden Mienen, erfuhr ich zwei Bergmannslieder, die er heute noch bisweilen singt mit seinem Freund, dem Schultoni.

Mehr denn ein halbes Jahrtausend wurden die Berge des untern und obern Kinzigtals auf Kupfer, Silber und Gold abgebaut. Der Cyprian, der in den sechziger Jahren noch auf Silber mutete in St. Anton im Heubach, dürfte des Bergbaus letzter Vertreter in diesem Tälchen sein.

Er ist wohl auch der letzte Bergknappe, der die alten Lieder der Gewerkschaften singt im Auerhahn – und die Geister der Knappen weckt, die in diesen langen Jahrhunderten ihr Wesen getrieben haben in diesen waldigen Einöden.

Der Cyprian aber singt:

Wenn ich betrachte das bergmänn'sche Leben,
So möcht' sich ein jeder der Gewerkschaft ergeben.
Ich liebe und lobe die Zweischlegeleinsgesellen,
Im Berge zu bauen, tut mir am meisten gefallen.

Die bergmänn'schen Regeln sein silberreiche Wort';
Sie lassen sich hören bald hier und bald dort.
Früh morgens, spät abends bei Mondscheins-Glückauf
Versammeln wir uns alle nach bergmänn'schem
Brauch.

Und sollt' ich mein Leben so ängstlich aufgeben,
Auf immer und ewig als Bergmann zu leben?
Als Bergmann zu leben ist Lust mir und Lab,
Die allerletzte Grube soll sein dann mein Grab.

Frisch auf ins Feld, der Bergmann kunnt,[6] Denn er hat
sein helles Licht bei der Nacht,
Sein helles Licht schon angezund't.

Schon angezund't, es gibt sein' Schein,
Damit man fahren kann bei der Nacht,
Damit man fahren kann ins Bergwerk hinein.

Die Bergwerksleut' sind hübsch und fein,
Denn sie graben das Silber und das Gold bei der Nacht,
Das Silber und das Gold aus Felsen und Stein.

Aus Felsen und Stein graben sie Silber und Gold,
Den schwarzbraunen Mädchen bei der Nacht,
Den schwarzbraunen Mädchen sind sie hold.

---

[6] sagt man im Kinzigtal statt kommt.

Herr Wirt, schenkt ein ein gutes Glas Wein,
Bringt's meiner Herzliebsten zu bei der Nacht –
Bringt's meiner Herzliebsten zu, ihr soll es sein.

Aber der Cyprian erzählte auch von seiner Bergmannszeit. Als Knabe schon war er mit seinem Vater vom Wildschapbach jeden Montag heraufgewandert in den Heuwich und am Samstag wieder heim. Denn sein Vater war in den dreißiger Jahren Obersteiger in der Silbergrube St. Anton, die dem badischen Bergwerksverein gehörte – an dessen Spitze der bekannte Bankier Louis Haber stand, der auch noch in den Gruben Bernhard im Huserbach und Wenzel im Frohnbach auf Silber bauen ließ.

Den Namen St. Anton bekam die Grube, in welcher der Cyprian und sein Vater arbeiteten, von einem Tiroler, Anton Mantel, der als Knappe zuerst auf eine Silberader traf. In fleischfarbigem Schwerspate fanden sie Kobalt und gediegenes Silber. Stücke von 10, 25, 50 Pfund gediegenen Erzes schlossen die Bergleute auf; und der Bergwerksverein ließ Kronentaler daraus machen mit der Inschrift: »Glück auf! Segen des badischen Bergbaues.«

Schon 1846 war der Cyprian Breitsch Obersteiger. Wasser zwang die Gesellschaft, die Grube an Engländer zu verkaufen, die mehr Geld hatten, um das Wasser zu schöpfen. Jetzt kamen auch englische Bergknappen, und bis 1860 ward die Grube unter großen Kosten mit 180 Knappen betrieben, ging aber ein, weil sie sich nicht mehr rentierte.

Das erzählte der Cyprian mir auch noch, daß die Bergknappen für eine zwölfstündige Schicht – Tag und Nacht – 36 Kreuzer, das ist *eine* Mark, erhielten. Jeden Morgen und jeden Abend, ehe sie einfuhren, wurde das christliche Glaubensbekenntnis und das Gebet zu den fünf Wunden Christi gebetet, und war dies Gebet vorgeschrieben. Der Karlsruher Bankier Haber, ein Israelit, soll, so oft er kam, den Obersteiger gefragt haben, ob auch das angeordnete Gebet regelmäßig verrichtet werde.

Auch von der schönen Uniform der Bergknappen sprach der ehemalige Obersteiger noch: von der stolzen, schwarzen Bergmannsjuppe mit samtnen Aufschlägen, von den metallenen Knöpfen, welche die Abzeichen »Schlegel und Eisen« trugen, und von der grünen Filzkappe mit Roßschweif. Eine Fahne mit der Inschrift »Glück auf« geleitete die Bergleute, als sie anno 1843 der Kirchweihe in Schwach anwohnten und anno 1846 den Fürsten Egon von Fürstenberg in Hasle empfingen auf seiner Hochzeitsreise.

Bei kirchlichen Festlichkeiten und Prozessionen zeigten sich die Bergknappen ebenfalls in Uniform, und vier von ihnen trugen »den Himmel«.

Das waren andere Zeiten, meinte der Cyprian, als die Gruben noch blühten: St. Anton im Heuwich, Herrensegen in Schapbach und Güte Gottes in Wittichen. Jetzt aber sei alles tot, die Bergleute und ihre Gruben. Wehmütig wies er von der Wirtsstube aus hin auf den zerfallenen Eingang der Grube St. Anton am Berge drüben.

Als er des Bergmanns zwei Schlegelein niederlegen mußte, nahm der Cyprian die Axt und zog in den grünen Wald, machte Holz und baute Wege unter dem Fürsten vom Teufelstein. Bisweilen fuhr er auch als Flößer durch die Hölle.

Heute bezieht er Altersrente und ist in alleweg eine vornehme Erscheinung trotz des blauen Wollkittels, der seine Glieder umschließt. –

Ehe wir einstiegen, um zum Forsthaus zu fahren, schaute ich noch in den Höllengrund am Heubächle und gedachte mit Schaudern und Bewunderung der Zeiten, da die früher genannten Flößer durch diese Schlucht hindurchfuhren. Und doch ist in diesem Jahrhundert nur ein Mann zu Tode verunglückt in der Hölle, der Abrahamsbur, der einen Schoppen zu viel getrunken hatte, ehe er auf den Floz sprang. –

Durch dichten Hochwald zieht der Weg dem Forsthaus zu, steil bergan; Wald und Wege sind Schöpfungen des toten Försters. Bald wird es licht, und in der Lichtung liegt das Forsthaus, still und einsam, wie verlassen. Und von den Tannen ringsum rieselt der Regen wie Tränenwasser um den toten Mann, der die Waldbäume gepflegt und gehütet hat.

Der Nachfolger des Teufelsteiners ist vom Auerhahn weg unser Begleiter. Er führt uns in das stille, aber stattliche Haus mit hohem Giebel und zeigt uns die drei großen Stuben des alten Försters und der Fürstin und daneben das »herrschaftliche Zimmer« des Fürsten von Fürstenberg, wenn er zur Auerhahnjagd kommt.

In einer Stube sitzen um einen Tisch friedlich die Kinder des Waldhüters. Die Wände, an denen die Uhren des Fürsten ticktackten, find schweigsam wie Kirchhofsmauern. Ich durchwandere die Kammern, werfe einen Blick aus dem Fenster auf Wald und Berge und ziehe weiter, St. Roman zu.

Kaum sind wir wieder im Walde, als zwischen Fichten der Teufelstein am Weg erscheint. Er trägt sichtbar nicht die Spuren des teuflischen Pferdefußes, sondern die der eisernen Keile, welche die Bauern ins Gestein getrieben haben, um Stücke als Bausteine abzusprengen.

Gleich hinter dem Stein lichtet sich der Wald wieder, und das Kirchlein von St. Roman erscheint, umgeben von einem Waldmeer, auf grüner Oase, in welche der Staufenkopf malerisch hereinschaut.

Einsam sitzt am »Kälberbühl« im nassen Gras bei Regenwetter ein Hirtenmädchen und betet laut den Rosenkranz, während seine Kühe friedlich in seiner Nähe weiden. Vom Pfarrer erfuhr ich nachher, daß es hier schöne Sitte sei, beim Hüten und bei leichter Arbeit laut zu beten. So beteten z. B. die Mägde während des Melkens im Stalle laut den Rosenkranz miteinander. –

Beim alten, kleinen Kirchlein treffen wir den jugendlichen Pfarrherrn von St. Roman, erst seit einigen Wochen hierher versetzt. Ich gratuliere ihm zu dieser wunderbaren Waldeinsamkeit, die als ein Ort geistlicher Verbannung gilt, mir aber ungemein zusagen würde. Das Kirchlein, dem noch gotische Bauteile ein hohes Alter bezeugen, mag groß genug sein für die wenigen zerstreuten Buren und Völker, die hierher eingepfarrt sind, aber für eine Wallfahrtskirche ist es viel, viel zu klein. Doch das Hauptfest des heiligen Romanus wird ja im Hochsommer gefeiert; da wird dann eine Bergpredigt im Freien gehalten, und die Wallfahrer lagern in Gottes schöner Natur, die Tannenwälder ringsum bilden Spalier dazu, und die Menschen singen das alte, schöne Lied, das da anhebt:

> Um Gnad' will ich anhalten,
> O heiliger Roman!

Laß deinen Schutz obwalten,
Soll ich von hinnen gân.

Wollst meiner nicht vergessen,
Wenn Angst und Tod mich pressen,
Wenn Angst und Tod mich pressen,
O heiliger Roman!

Kaum hat auf der Höhe des Hügels, den das Kirchlein krönt, noch der kleine Kirchhof hinter demselben Platz. Auf ihm suchte ich das Grab des Fürsten vom Teufelstein. Er ruht, weil neben seiner Heli kein Grab frei war, neben seiner Lieblingstochter gleichen Namens, und ein niedriger, ziegelförmiger Stein besagt: »Hier ruht Josef Anton Fürst, Förster in Heubach, geboren 2. März 1809, gestorben den 27. April 1893. Er ruhe im Frieden.«

Hohe Grabsteine dulden Sturm und Wetter nicht auf diesem kühlen Gottesacker, um den die Winde heulen und die Tannen ächzen.

Er wollte im Wald begraben sein, der alte Jäger und Forstmann. Sein Wunsch ist erfüllt. Ringsum grüßen die Tannen seine Ruhestätte, und der Ostwind trägt ihm am Abend die Grüße zu vom Teufelstein und vom Abrahamsbühl herüber. Und ich sagte mir, da ich vom Grab aus Rundschau hielt über Wald und Weide: Hier ist es schön, schön zum Leben, schön zum Sterben und schön zum Begrabensein.

Wenn aber am Tage des Weltgerichts die Posaunen der Boten des lebendigen Gottes hier die Toten aus ihren Gräbern rufen und unter ihnen den braven Mann vom Teufelstein, und wenn er dann sich umsieht und seine Wälder wieder erkennt, wird er heimwollen ins stille Forsthaus auf dem Abrahamsbühl, und die Engel werden Mühe haben, ihn zu bringen in »Abrahams Schoß«. –

Vom Grabe des Fürsten weg stiegen wir hinab zum Wirtshaus. Hier sah und sprach ich seinen Freund, den einstigen Bachvogt, einen prächtigen Alten im blauen Wamms und kurzen Hosen. Aus seinen freundlichen, bartlosen, von scharfen Linien markierten Gesichtszügen schaut ein echter, behäbiger Schwarzwälder, ein Musterkopf für einen Holzschnitt von Albrecht Dürer.

Hier verabschiedete ich mich von dem Nachfolger des Fürsten, dem Waldhüter Dieterle, der nun in dem wunderbar einsamen Forsthaus Herr und Meister ist. Ich beachtete heute den mittelgroßen Mann mit seinen braunen Augen, seiner großen Nase und seinem blonden Vollbart nicht besonders.

Den Spätherbst über trat ich aber mit ihm in Korrespondenz wegen der Geschichte des Fürsten vom Teufelstein, und nun fand ich, daß der Dieterle auch ein Original ist.

Er schreibt dermaßen klar, sachlich und überall den Nagel auf den Kopf treffend, daß ich wissen wollte, wo er her sei und wo er seine Studien gemacht.

Er stammt aus dem Hirschbach, einem Tälchen des Wildschapbachtales im Flußgebiet der Wolf, und ist der Sohn eines Holzhauers und einer Mutter, die den Namen Clothilde trug, einen Namen, den ich in den Tälern der Kinzig und Wolf nie vermutet hätte. Seine Studien machte der Dieterle in der Volksschule in Schapbach, die in den sechziger Jahren einen Lehrer von Gottes Gnaden gehabt haben muß.

Ich wollte wissen, wie derselbe geheißen, und erfuhr, daß es der alte Alois Schneider gewesen, der in den siebziger Jahren als Lehrer in meinem Paradies Hofstetten starb und den ich gar wohl kannte. Er war ein lustiger, gesellschaftlicher Mann und deshalb auch im benachbarten Hasle sehr beliebt.

Die Haslacher nannten ihn, weil er imstande war, zweimal zu Mittag zu essen, den »hohlen Alise«. In seiner Jugend war er Lehrer gewesen in dem Schweizerort Ermatingen am Bodensee, über welchem Dorf bekanntlich das Schloß Arenenberg liegt, wo damals die Hortense mit ihrem Louis, dem späteren Napoleon III., wohnte und wo der Lehrer Alise dem Louis Unterricht gab im Deutschen. Wundern wir uns also nicht über Josef Dieterles Leistungen.

Aus der Schule entlassen, half der Sepple seinem Vater im Walde, bis er selbst ein Waldarbeiter wurde. Als solcher fing er an, in freien Stunden Bücher und Zeitschriften aller Art zu studieren.

Ein angehender Zwanziger, half er dem Fürsten vom Teufelstein, der drüben im Wildschapbach Waldungen aufnahm, als Forstgehilfe und faßte dabei hohe »Achtung und Liebe« zu dem alten, heitern Waldmann.

So ward er diesem bekannt, und der Fürst willigte gerne ein, daß der Ditierle, ein Holzhauer und Waldarbeiter, mit dem bescheidenen Titel Waldhüter sein Nachfolger wurde.

Wenn ich der Fürst von Fürstenberg wäre, der Dieterle stürbe mir nicht als Waldhüter. Einstweilen aber stellte ich ihn, den ehemaligen Waldarbeiter, auch an im Walddienst. Er mußte und muß mir als Vorarbeiter dienen zu meinen Geschichten über Waldleute und Erzbauern im oberen Kinzigtal, wo ich durch ihn deren noch manche entdeckt habe.

Die Schneeballen und wilden Kirschen im mittleren Kinzigtal hab' ich nun schon alle gemacht und gebrochen: ich bin jetzt eine Station weiter gezogen und habe Waldleute im oberen Heimatgebiet gesucht und gefunden.

Mit Hilfe der Feder Dieterles, der so klar schreibt, wie die Waldquelle ihr Wasser zu Tage fördert, hoffe ich noch von manchen Originalen erzählen zu können. –

So lebt denn heute auf dem Abrahamsbühl zwischen Wald und Wald abermals ein Naturmensch mit hellem Geist, und das freut mich.

Drunten aber im Heuwich im Auerhahn sitzen an kalten Winter- und an heißen Sommersonntagen die Holzmacher und die alten Flößer und reden von vergangenen Zeiten und vom Fürsten vom Teufelstein, ihrem Freund und Vater, von seiner Heiterkeit, seiner Biederkeit, von seinen Zigarren und von seinen Uhren und Drehorgeln, und der alte Bergmann Cyprian schließt, ehe sie auseinandergehen und in den Tälchen und Wäldern verschwinden: »So wie der Fürst kommt keiner mehr auf den Abrahamsbühl. Gott hab' ihn selig.«

Und durch die Tannen im Walde von St. Anton, drunten im Hirschgrund und droben im blauen Loch zieht allnächtlich ein leises Geflüster. Sie erzählen sich, die deutschen Waldkönige und -königinnen, vom greisen, toten Förster, der ein halbes Jahrhundert lang bei Tag und Nacht unter ihnen wandelte wie ein Vater unter seinen Kindern, und unter dem sie so groß geworden sind, daß sie jetzt den Aether des Himmels küssen, während er in kühler Erde modert.

Und die älteste und gewaltigste der Tannen im blauen Loch neigt ihr Geäste herab zu ihren jüngeren Brüdern und Schwestern und flüstert: »Wir Tannenbäume sind doch andere Wesen als die Menschenkinder; wir überleben sie, und während sie im Staube modern, wiegen wir uns im Sonnenlicht.«

Aber ein kleiner Tannerich ruft ihr höhnisch zu: »Alte Tante, rühme dich nicht. Gestern hat der Oberförster Gayer von Wolfe mit seinem Hammer, ohne daß du es in deinem Himmelsblau droben merktest, dir das Todesmal unten in den Stamm geschlagen, und bald werden der Wirtsbasche und der Schultoni kommen und dich zur Erde legen zum Nimmeraufstehen. Unser Vater und Förster aber kommt wieder, denn, so sagen sie, die Menschen sind unsterblich!«

Die alte Tannenmutter schweigt, und wehmütig flüstern die Tannen alle weiter und murmeln von Vergänglichkeit, bis die Sonne aufgeht von der Bocksecke her und der Morgenwind sie aufrüttelt zu neuer Lebensfreude.

Nur die greise Tannenkönigin kann die Mahnung nicht vergessen; sie schaut ängstlich aus ihrem Geäst herab, ob nicht der Basche und der Toni kamen und sie sterben müßte.

Sie seufzt und spricht zu sich selber: »Ich hab' viel verloren am alten Förster; er hat mich geehrt und geliebt und vor dem Tode bewahrt so manches Jahr. Jetzt soll auch ich sterben. Noch, es sei, er ist ja auch tot, er, der so oft singend und pfeifend an mir vorüberzog; ich will ihm nachfolgen und auch sterben.«

Sie schüttelt, in ihr Schicksal ergeben, ihre alten Aeste; die Vögel aber, die auf ihnen übernachtet, fliegen davon und singen ihr Morgenlied dem Gotte alles Lebens.

Über tredition

Eigenes Buch veröffentlichen

tredition wurde 2006 in Hamburg gegründet und hat seither mehrere tausend Buchtitel veröffentlicht. Autoren veröffentlichen in wenigen leichten Schritten gedruckte Bücher, e-Books und audio-Books. tredition hat das Ziel, die beste und fairste Veröffentlichungsmöglichkeit für Autoren zu bieten.

tredition wurde mit der Erkenntnis gegründet, dass nur etwa jedes 200. bei Verlagen eingereichte Manuskript veröffentlicht wird. Dabei hat jedes Buch seinen Markt, also seine Leser. tredition sorgt dafür, dass für jedes Buch die Leserschaft auch erreicht wird.

Im einzigartigen Literatur-Netzwerk von tredition bieten zahlreiche Literatur-Partner (das sind Lektoren, Übersetzer, Hörbuchsprecher und Illustratoren) ihre Dienstleistung an, um Manuskripte zu verbessern oder die Vielfalt zu erhöhen. Autoren vereinbaren direkt mit den Literatur-Partnern die Konditionen ihrer Zusammenarbeit und partizipieren gemeinsam am Erfolg des Buches.

Das gesamte Verlagsprogramm von tredition ist bei allen stationären Buchhandlungen und Online-Buchhändlern wie z. B. Amazon erhältlich. e-Books stehen bei den führenden Online-Portalen (z. B. iBookstore von Apple oder Kindle von Amazon) zum Verkauf.

Einfach leicht ein Buch veröffentlichen: **www.tredition.de**

Eigene Buchreihe oder eigenen Verlag gründen

Seit 2009 bietet tredition sein Verlagskonzept auch als sogenanntes "White-Label" an. Das bedeutet, dass andere Unternehmen, Institutionen und Personen risikofrei und unkompliziert selbst zum Herausgeber von Büchern und Buchreihen unter eigener Marke werden können. tredition übernimmt dabei das komplette Herstellungs- und Distributionsrisiko.

Zahlreiche Zeitschriften-, Zeitungs- und Buchverlage, Universitäten, Forschungseinrichtungen u.v.m. nutzen diese Dienstleistung von tredition, um unter eigener Marke ohne Risiko Bücher zu verlegen.

Alle Informationen im Internet: **www.tredition.de/fuer-verlage**

tredition wurde mit mehreren Innovationspreisen ausgezeichnet, u. a. mit dem Webfuture Award und dem Innovationspreis der Buch Digitale.

tredition ist Mitglied im Börsenverein des Deutschen Buchhandels.

Dieses Werk elektronisch lesen

Dieses Werk ist Teil der Gutenberg-DE Edition DVD. Diese enthält das komplette Archiv des Projekt Gutenberg-DE. Die DVD ist im Internet erhältlich auf **http://gutenbergshop.abc.de**

FSC
www.fsc.org
MIX
Papier | Fördert
gute Waldnutzung
FSC® C083411

Zeitfracht Medien GmbH
Ferdinand-Jühlke-Straße 7
99095 Erfurt, Deutschland
produktsicherheit@kolibri360.de